Anjа Salomonowitz

ZU MIR ODER ZU DIR

GEGRÜNDET
1999

ANJA SALOMONOWITZ

ZU MIR
ODER
ZU DIR

Czernin Verlag, Wien

Gedruckt mit Unterstützung der Stadt Wien, Kultur

Salomonowitz, Anja: Zu mir oder zu dir / Anja Salomonowitz
Wien: Czernin Verlag 2025
ISBN: 978-3-7076-0861-8

office@czernin-verlag.com
Autorinnenfoto: Lisa Leutner
Lektorat: Florian Huber
Umschlaggestaltung und Satz: Mirjam Riepl
Druck: Florjančič Tisk, Maribor
ISBN Print: 978-3-7076-0861-8
ISBN E-Book: 978-3-7076-0862-5

CREDITS

DIESES BUCH IST EIN DREHBUCH.

DRAMATURGIE
Roland Zag

INTERVIEWS
Mirela Baciak

RECHERCHE
Martin Knuhr

ASSISTENZ
Anna Bauer

VORBEMERKUNG

Unser Film spielt in einem Altenheim. Das Altenheim ist wie ein Wald. Mit einer Lichtung, auf der zwei Menschen zum Beispiel miteinander schlafen. Das Altenheim ist der Untergrund der Psyche. Es ist kein wirkliches Altenheim, es ist der Zustand, auf den die Texte fallen.

1 GÄNGE

Ein kleiner Weg, dann öffnet sich eine durchsichtige Schwingtür. Die Kamera schwebt hinein, wie in einen Traum. Es ist hell. Eine Empfangshalle mit vielen großen Fliesen, der eingeglaste Tisch vom Portier, die Gänge mit Fliesen links und rechts. Leicht zu putzen. Eine Oper kommt von irgendwoher. Rechts der Lift. Sonst alles still. Die Kamera bewegt sich weiter, in einen langen Gang hinein. Dieser Gang hat große, alte Fenster, einen Boden aus Linoleum und viele große weiße Flügeltüren, wie in einem Spital aus der Jahrhundertwende. Wir tauchen ein, wir segeln voran, wir schauen uns um. Ein Raum mit einem Regal, in dem lauter Windeln geschlichtet sind. Licht kommt uns entgegen aus dem großen alten Fenster. Wieder ein Gang. Kein Mensch hier im Moment, nur helles Licht und diese langen Gänge.

2 GÄNGE

Johann, der Pfleger, geht gerade schweren Schrittes vorbei. Die Kamera folgt ihm, heftet sich an seine Fersen. Johann hat lange Haare, ist schwer tätowiert und wirkt schwer sympathisch. Er hat die Schultern eingezogen und eine Kapuze über der Jacke. Er hat Kopfhörer auf. Die Oper wird lauter, Titel laufen über das Bild.
Der Gang wird schmaler, die Wände verändern sich, sie werden gräulicher, ein neuerer Trakt. Johann geht den Gang entlang,

vor ihm geht es jetzt rechts oder links ab. Er geht rechts hinein, in die Umkleidekabine des männlichen Pflegepersonals.

3 UMKLEIDEKABINE PFLEGEPERSONAL

Die Musik ist nicht mehr zu hören. Johann holt weiße Kleidung aus dem Spind und fängt an, sich umzuziehen. Ein zweiter Pfleger, Josef, und der Koch ziehen sich auch gerade um. In diesem Raum sind lauter Spinde mit niedrigen Bänken davor, auf denen man sich umziehen kann. Unter der Bank sind viele Schuhe eingeordnet, Clogs von Ikea oder Crocks aus Plastik. Johanns Spind steht offen, er hat einen kleinen Spiegel innen montiert. Johann zieht sich sehr bedächtig um, wie er alles in seinem Leben mit einer angenehmen Ruhe macht.

4 UMKLEIDEKABINE FRAUEN

Gegenüber, im Nebenraum, die Frauen. Janina, die Putzfrau, zieht sich ihren weißen Kittel aus Baumwolle an. Sie macht sich die Knöpfe zu und schaut in den Spiegel in ihrem Spind. Alternde Haut, obwohl Janina in den besten Jahren ist. Sie streicht sich über die Wange und schmiert sich mit Creme ein, hilft angeblich gegen Falten. Falten, sie spiegeln die Berge und Täler unseres Lebens. Bei Janina leider mehr Täler. Sie hat eine

Packung mit Putzhandschuhen, durchsichtig und aus Plastik, in ihrem Spind und zieht sich welche an.
Johanna, eine Altenpflegerin, räumt gerade ihren Spind missmutig ein, die Tageskleidung wird verstaut. Sie behandelt die alten Menschen hier schlecht, das werden wir noch erleben.
Und Janette ist hier, eine junge, freundliche Pflegerin. Janette hat ihr weißes Gewand bereits an. Sie sitzt auf der niedrigen Bank und macht sich einen Zopf. Dann wartet sie, bis die anderen beiden fertig sind.
Janette sieht gelangweilt ihre eigenen Beine an und spielt mit den Plastikschuhen mit einem Brösel am Boden. Sie will mit den anderen beiden Kontakt aufnehmen. Sie sagt zu den anderen:

> *Ähm, ich bin Kulturarbeiterin, ich hab Kunst stu... oder ich studiere Kunst und Critical Studies und bin ... Ich arbeite so im Kontext von Film und Grafik und Performance.*

Johanna verstaut ihre Taschentücher im Kittel. Sie wendet sich zu Janette. Sie fragt sie, halb interessiert:

> *Ja, wie bist du überhaupt auf Tinder gekommen? Also, wer hat dich, also, wie, wie, wie ist es dazu gekommen, dass du dich entschieden hast?*

Johanna stellt Janette diese Frage, als würde sie über etwas völlig anderes sprechen.

Und Janette antwortet motiviert:

> *Na, über Freundinnen, die das gemacht haben. Freundinnen, die haben so viel erzählt. So schnelle Sexgeschichten. Und das wollte ich auch.*

Wie wenn sie sagen würde: Komm, lass uns unseren Tag beginnen.
Janette hakt sich bei Johanna ein und sie verlassen gemeinsam den Raum. Johanna sieht etwas unzufrieden drein, sie will nicht mitgezogen werden.

5 UMKLEIDEKABINE MÄNNER

Johann richtet sich die langen Haare im Spiegel. Er macht sich einen Zopf. Er sagt zu Josef und dem Koch, über den Spiegel:

> *Ich war mit meinem Alphabet, wie man jemanden findet, einfach am Ende. Also, dachte ich, probiere ich's mal so. Ich hab gehofft, wieder jemanden zu finden für länger. Es ist jetzt zwar peinlich, das zuzugeben, aber ja, einfach die Sehnsucht nach Liebe.*

Der Koch nickt wissend. Josef schaut nur geradeaus, er hat einen wissenden Blick, egal, was er gerade denkt.

6 UMKLEIDEKABINE FRAUEN / PUTZKAMMERL

Janina steht vor dem Kasten, in dem Tausende Putzmittel gehortet sind. Es ist ein Hinterzimmer in der Umkleidekabine der Frauen, die Tür steht offen. Die Putzmittel ergeben ein Muster in diesem großen Regal. Janina nimmt einige Flaschen und schlichtet sie auf ihren Wagen, der in der Umkleidekabine steht. Sie schlichtet auch Klopapier auf ihren Wagen. Sie murmelt dabei:

> *I am a world traveller. I travelled around all my life. I was always on my way, somewhere. So for me relationship is not so ... does not interest me. Does interest me but also does not interest me. I just need lovers. And like this – you can have a lover in every city.*

Sie murmelt diese Worte, als würde sie sich bei uns vorstellen. Also, sie spricht zu sich und auch in die Kamera.

7 HEIZRAUM

Josef ist im Heizraum, nebenan. Die Leitungen, wie Würmer, schlängeln sich durch die Wände. Schalter und Knöpfe, rote kleine Schienen, an denen man drehen kann. Josef dreht herum und es zischt. Josef schaltet. Er murmelt zu sich und zu uns:

Es passt zusammen mit dem, dass ich sehr auf Mütter stehe. Auf Mütter mit Kindern, ja. Und möglichst viel Kindern, ja. [...] Und ich hab einfach nicht so viele Mütter mit Kindern in meinem Bekanntenkreis. Und bei einer zum Beispiel, die hatte vier Kinder, die Kinder waren auch alle im Haus, sind wir dann gleich ins Bett und alle Kinder im Haus. Die war eine Rubensfrau, eine Vollblutfrau, mit breitem Becken. Auf so was steh ich. So was findest du nicht so leicht im normalen Leben. Aber online geht's.

8 UMKLEIDEKABINE MÄNNER / TÜR ZUM HOF

Der Koch zündet sich bei der offenen Tür zum Hof noch eine Zigarette vor der Arbeit an. Es zündet nicht gleich. Bei dieser Arbeit, anzünden, sieht er manchmal uns und manchmal seine Zigarette an, die dann doch brennt, und erzählt:

Die Initialzündung bei mir: Ich sitz so auf meiner Couch an einem Montagabend und schau mir Liebesgeschichten und Heiratssachen *an. Ich bin schon ein paar Jahre Single. Und dann hab ich mir gedacht, wenn das so weitergeht, dann lande ich auch irgendwann bei* Liebesgeschichten und Heiratssachen, *das will ich nicht!*

Er raucht weiter und dämpft dann die Zigarette am Boden mit seinem Schuh aus. Er löst den Türstopper und lässt die Tür hinter sich zufallen, während er wieder hineingeht, um sich an die Arbeit zu machen.

9 LAGERKAMMER

Johanna und Johann sortieren Windeln. Nach Größe, nach Menschen. Sie sitzen, traute Einheit, nebeneinander und schieben sich die Windeln wie am Fließband zu. Wir sind in dieser Lagerkammer, die wir am Anfang des Films schon gesehen haben, wo viele Windeln geschlichtet sind.
Johanna hebt eine Windel und hält sie gegen das Licht. Die Sonne blitzt daneben. Wir erinnern uns: Babyjahre. Die Windel ist dafür zu groß. Wir erinnern uns: Altenheim. Da dreht sich das Leben wieder zurück. Das Muster der Windel gefällt Johanna, sie muss lächeln. Sie lächelt aber sarkastisch, denn es sind kleine Tiere auf der Windel gezeichnet. Die beiden sortieren weiter Windeln ein, die sie für die alten Menschen heute brauchen werden.
Johann steigt auf einen Treppenstuhl und holt eine neue Packung von ganz oben herab. Johanna dürfte über irgendetwas nachdenken, sie beißt sich ein bisschen auf die Lippe. Dann will sie anscheinend Johann etwas beichten:

Du bist verletzt, gedemütigt, enttäuscht vom Leben. Deine Liebe ist gegangen. Und dann willst du Rache. Du willst nur noch Rache. Fick sie alle! Zeig ihnen, dass du wieder leben kannst!

Du wirst zum Berserker, zum Racheengel, du vögelst dich durch deine Enttäuschung. Hart. Das ist so hart.

Johann sieht sie nur kurz wissend an, dann machen die beiden weiter. Es gibt eh keine Lösung.
Johanna schlichtet die geschlichteten Windeln und ein paar Pissschüsseln auf einen Wagen am Zimmerrand. Sie kniet davor und arbeitet gedankenverloren. Sie wirkt traurig. Dann fährt sie mit diesem Wagen los.

10 GÄNGE

Wieder die langen Gänge. Wir haben Johanna überholt. Eine Zimmertür, dahinter eine kleine alte Frau, Ilse. Ilse hat blaue Augen mit einem stechenden Blick. Langsam, schwebend nähert sich die Kamera.

11 ZIMMER ILSE

Ilse liegt bereits auf ihrem Bett. Mit gespreizten Beinen und hochgehobener Bluse. Sie kennt die Prozedur. Sie hält ihre Bluse brav fest. Sie wird die Windel bekommen. Wir trauen uns, ganz nahe an sie heranzugehen. Sie flüstert uns zu:

Ich: bei der Zugtüre drinnen, er: bei der Zugtüre draußen. Zwischen uns nur die Treppen. Ich: eine Treppe runter. Kurz haben wir uns angeschaut. Und dann: ein kleines Bussi auf den Mund. Ein kleines Bussi auf den Mund und du bist superglücklich. Supervoll mit Erwartungen.

12 GÄNGE

Die Oper setzt wieder ein, laut und ungestüm, ein paar Titel noch. Die Kamera erhebt sich und fliegt wieder auf die Gänge hinaus, über die Windeln hinweg, die gerade hereingeschoben werden.

13 ZIMMER KLAUS

Wir landen in einem Zimmer. In diesem Zimmer wohnt Klaus, der Motorradrennfahrer. Also, Klaus, der einmal Motorradrennfahrer war. Klaus ist stämmig gebaut und hat eine dicke Nase. Mit seinen Kulleraugen und seinen zerzausten Haaren sieht er sehr freundlich aus.
Das Zimmer von Klaus ist hell und bunt, voll mit Fotos, bei denen der Rahmen verstaubt. Fotos von der Harley Davidson, die in Amerika am Highway, kurz vor dem Abgrund, steht und wartet. Fotos von der Karoline, die den Klaus umarmt, irgendwann im

letzten Jahrhundert. Fotos von den Enkerln, Leon und Luis. Und vom Baby-Enkerl, dazugesteckt.
Klaus sitzt auf seinem Tisch in der Mitte des Zimmers und klebt kleine Holzstückchen aneinander. Die Oper ist leise im Hintergrund zu hören, sie dürfte aus dem Nebenzimmer kommen. Klaus sieht zu uns auf, schaut uns an und sagt eindringlich:

Ich hatte vor einigen Jahren mal diesen Traum. Er handelte vom Tod und von den Menschen, die sich von einem verabschieden. Und in diesem Traum sah ich sie. Die EINE. Sie umarmte mich und das, was ich damals fühlte, war unendliche Liebe. Aber das Gesicht dieser Frau blieb mir als schleierhaft und verborgen in Erinnerung. Und seit ich aus diesem Traum erwacht bin, bin ich eigentlich auf der Suche. Nach der EINEN. Nach meiner Seelenverwandten.

Klaus bastelt weiter an einem Motorrad aus Holzsprießeln, streng nach Anleitung, das erkennt man schon. Er ist so konzentriert, dass er nicht bemerkt, dass er sich leicht auf die Zunge beißt, die links bei seinem Mundwinkel herausgestreckt ist. Die Parte von der Karoline hängt, hineingesteckt, am Rand des Bildes von dem Haus, in dem sie gewohnt haben. Mit Rosenstrauch davor. Klaus klebt. Klaus sieht wieder auf. Es ist, als ob er sich auch noch bei uns vorstellen möchte:

Ich habe so eine gewisse Vorstellung bei einer Frau: Sie muss sehr feminin sein, muss aber auch eine Powerfrau sein. Also diese gesunde Mischung aus Intelligenz und sexy, sage ich mal, ja. Und ich bin Heavy-Metal-Freak und natürlich, wenn eine Frau mit dieser Musikrichtung daherkommt, dann habe ich schon das Gefühl, da drehen sich die Rädchen in die gleiche Richtung.

14 ZIMMER ERNST UND AGATHE

Im Nebenzimmer, Ernst, der Intellektuelle, mit Tausenden Büchern im Zimmer. Händel läuft. *Ah! Mio Cor!*, daher kommt die Oper. Agathe, seine Frau, sitzt im Lehnstuhl und lauscht. Sie haben sich nichts mehr zu sagen, aber sie sitzen immer noch nebeneinander. Agathe steht auf und schlurft hinaus, dabei hat sie diese alten weichen Schlapfen an, die einen immer an die Oma erinnern. Wir folgen ihr. Ernst sieht Agathe hinterher. Er meint, über sein Buch hinweg:

Also, ich bin jemand, der irgendwie so den Mittelweg geht. Also, normal, nicht zu dick, nicht zu dünn. Größe ist mir egal, aber, also, ich möchte schon das Gefühl haben, dass es sie interessiert, dass sie nicht zu dick ist. Ich wünsch mir keine superdünnen und auch keine supergroßen, also irgendwo körperlich normal. Ich finde das gut, wenn es nicht wehtut, wenn man zupackt.

Ernst nimmt wieder sein Buch und liest weiter. Er seufzt noch kurz, dann kippt er wieder in die Handlung des Buches.

15 GÄNGE

Agathe schlurft über den Gang. Eine Zimmertür steht offen, ein kleiner, sensibler alter Mann sitzt gerade am Klo. Seine Harre stehen links und rechts weit ab, das sieht verrückt aus.

16 KLO IM ZIMMER SENSIBLER ALTER MANN

In diesem Klo gibt es eine Schnur mit einem Notfallknopf, die hängt allerdings so weit weg, dass der Mann sie nicht ziehen kann. Seine Beine baumeln über dem Boden, er ist so klein, dass die Füße nicht bis zum Boden reichen, wenn er am Klo sitzt. Viele Fliesen rundherum, ein Waschbecken mit Spiegel. Steril. Der kleine Mann kann nicht allein wieder herunter vom Klobrett und wartet, dass jemand kommt und ihn rettet.
Er meint, sensibel wie er ist:

> *Und ich bin draufgekommen, eine Frau muss so ähnlich vom Körper her sein wie meine Mutter.*

17 ZIMMER MAGDALENA

Magdalena, im Nebenraum und im Rollstuhl, füttert gerade ihre Katze. Die Katze schlurft um ihre Beine, die mit einer Decke aus

Wolle bedeckt sind. Das Zimmer von Magdalena ist nur karg eingerichtet, damit sie sich mit dem Rollstuhl besser bewegen kann. Sie hat aber eine bunte, schöne Decke über ihrem Bett. Und Blumen auf dem Fensterbrett. Die Katze schlurft um ihre Beine und wird dabei auch gestreichelt. Magdalena sieht auf:

Einer hatte den gleichen Vornamen wie mein Vater, also den gleichen Vornamen wie mein Vater haben, das geht für mich gar nicht.

18 KLO IM ZIMMER SENSIBLER ALTER MANN

Johanna, die schlecht gelaunte Pflegerin, kommt beim sensiblen alten Mann, der am Topf hängt, an. Sie steht in der Tür und stemmt ihre Arme in die Taille. Sie meint streng zu ihm:

Ich möchte halt eher jemand Blonden.

19 WASCHRAUM

Konrad wartet bereits im Waschraum. In dem Raum, in dem man mit einem Gerät in eine Wanne gehoben und dann gewaschen wird. Eine große Badewanne vor dem Fenster, mit einem weißen, massiven Gerät mit einem Arm aus Plastik und vielen

Knöpfen und Vorrichtungen, damit man damit eine Person mit Rollstuhl in die Wanne heben kann. Konrad wartet mit Handtuch um den Bauch, auf der Seite des Raumes, auf einer Bank aus Plastik. Er sieht sehr lieb aus, wie er da sanft herumsitzt:

Ich möchte jemand Zärtlichen. Aber erwarten? Erwarten tu ich mir gar nichts mehr.

20 RAUM MIT MASSAGEBETT

Die Frau in Badeschlapfen liegt gerade mit Turban auf einem Massagebett. Auf ihr sind zwei junge Hände, die sie massieren, durchkneten, quälen und erfreuen. Der Kopf steckt in diesem absurden Loch in der Mitte des Bettes.
Wir hören Wassertropfen und es spiegelt sich Wasser in der durchsichtigen Tür aus Milchglas. Der Raum mit Massagebett befindet sich anscheinend neben einem Schwimmbad. Eine Vase mit Bambusstecken, eine Wandtapete, eine Klangschale auf einem einsamen Regal. Alles auf Entspannung hier, Yoga und Ayurveda. Trotzdem grelles Licht. Die Frau in Badeschlapfen sagt zum Masseur:

Einmal war es ein Dachdecker. Es ist einfach sexy, wenn ein Mann was mit angreifen macht. Finde ich viel mehr sexy als so ein Banker im Anzug. Verschmierte Hände, immer ölig, also das finde ich einfach cool.

Und der Masseur, ein ausgemergelter Mann, dem man seine Lebenserfahrung ansieht, antwortet, während er die Hände fest und abwechselnd auf ihren Rücken klatscht:

> *Großbrüstig geht für mich nicht. Das ist ein No-Go. Da war ich draußen in Floridsdorf, habe ich gewohnt, da waren wir schon ungefähr fünf Monate zusammen und das war so, weiß ich nicht, in der Früh beim Aufstehen, sie lehnt sich rüber zu mir, so, und die Brüste klatsch klatsch klatsch, No-Go. Aus.*

Er klatscht weiter auf den Rücken der Frau in Badeschlapfen. Die Haut klatscht laut mit.

21 AUFENTHALTSRAUM

Agathe kommt gerade im Aufenthaltsraum an. Sämtliche Geräusche werden laut. Es ist dort so langweilig, dass man alle Geräusche lauter wahrnimmt, weil endlich etwas passiert. Jedes Rascheln lauter wahrnimmt. Die alten Menschen lungern hier antriebslos herum. Der obligate, laufende Fernseher, der oben von der Decke herabhängt. Unten dran die Zeitschaltuhr, mit der er aus- und eingeschaltet werden kann. Viele Sessel. Manche Alten schlafen. Agathe geht durch das Zimmer. Einige Alte merken auf, die meisten aber schlafwandeln vor sich hin. Agathe setzt sich zu diesem ganz altmodischen Computer, mit diesem ganz altmodischen Computerbildschirm.

Augustine sitzt hier, hochgesteckte Haare, Lippenstift. Augustine ist was Besseres. Trotzdem tut sie sich schwer mit dem Computer. Agathe erklärt Augustine, wie der Computer funktioniert. Wo die Enter-Taste ist, wie man den Bildschirm heller macht:

> *Es gibt diese Oberfläche, da musst du dich anmelden, mit deinem Namen oder einem erfundenen Namen. Kann aber dann hinterher halt stressig werden, wenn du einen falschen Namen angenommen hast, da musst du dann viel erklären. Na egal. Danach musst du ein Foto dazugeben. Das kann echt sein oder ein jüngeres von dir. Du beschreibst dich auch. Ich bin so und so ... Meine Hobbys sind das und das ... So Zeug halt. Dann kommen Antworten. Die schicken auch Fotos. Und dann kannst du die Kandidaten wegwischen oder annehmen.*

Agathe wischt mit dem Finger an der Computermaus hinunter, die Seite am Computer wandert hinunter. Sie wischt wieder hinauf, die Seite wandert zurück. Sie schreibt ein paar Buchstaben, sie wischt mit der Maus. Augustine sieht interessiert zu. Sie probiert auch, die Maus zu bedienen. Es gelingt ihr und sie freut sich. Agathe lächelt auch.

Zwei andere alte Frauen lösen ein Kreuzworträtsel. Miteinander. Also die eine alte Dame löst das Kreuzworträtsel und die andere sabbert aus dem Mund und sieht zu. Sie lehnt mit dem Kopf schief, ihr Mund ist schon so weit unten, dass er ziemlich nahe an der Tischkante hängt. Sie scheint in ihrem Einknicken eingerastet zu sein, also sie knickt nicht weiter ein. Es sieht nicht bequem aus. Die Kreuzworträtsellöserin ist sehr konzentriert. Sie hat einen Kuli in der Hand und ihre Lesebrille auf. Sie spielt mit dem Kuli, sie drückt ihn ein und aus. Dabei spricht sie zur Zuseherin:

Es gibt Tinder und Grinder. Grinder ist halt für Gays. Und dann hat es noch so ein Derivat von Tinder gegeben, das nur damit geworben hat, dass es eben nicht so ist wie Tinder. Da musste man nicht wegwischen.

Die sabbernde alte Zuseherin wackelt ein bisschen mit dem Kopf. Die Kreuzworträtsellöserin wendet sich ab und trägt ein Wort ein. Doch dann stottert die sabbernde Zuseherin langsam als Antwort, wie wenn sie ein Wort für das Kreuzworträtsel buchstabieren würde:

Grinder war zuerst. Diese schnellen Sex-Plattformen waren ja eigentlich für die Schwulenszene gemacht. Jetzt ist das zu den Heteros gewandert. Aber ob das da so richtig ist?

Sie zittert dazwischen, vor lauter Wörtern. Die Kreuzworträtsellöserin sieht sie erstaunt an.

Die Heteros macht schneller Sex ja eher nervös und die Schwulen die wollen das. Wie Männer halt sind, müssen irgendwo reinspritzen. Am besten täglich.

Die Kreuzworträtsellöserin ist völlig erstaunt. Dieses Wissen hätte sie ihrer sabbernden Kollegin gar nicht zugetraut.

Agathe zeigt Augustine weiter den Computer. Diesmal die Knöpfe an der Tastatur. Sie drücken sie abwechselnd:

> *Websingles ist eigentlich die tiefste Plattform im deutschsprachigen Raum. Ich glaube, speziell für Frauen muss es anstrengend sein. Was die alles für perverse Geschichten erfahren, was weiß ich, was da den Männern alles einfällt.*

Augustine richtet sich die Haare. Das mit dem Computer wird doch schwer für sie. Sie will das Agathe erklären. Sie antwortet, auf ihre noble Art:

> *Kurz war ich auf Love.at, aber ich habe ein zu altes Handy gehabt. Jetzt habe ich ein neues Handy, ich könnte Tinder nehmen, aber ich glaube, das mit dem Wischen, das ist überhaupt nicht meins. Einen Menschen so schnell beurteilen durchs Wegwischen, das mag ich gar nicht. Ich bin da noch ein bisschen vom alten Schlag.*

Magdalena ist auch da, in ihrem Rollstuhl, mit der Decke über den Beinen. Magdalena will eigentlich weg hier, sie sieht sehnsüchtig aus einem dieser großen Fenster. Johanna, schlecht gelaunt, kommt herein, mit einer Infusion für Magdalena. Magdalena will nicht, sie schüttelt den Kopf, sie zieht sich die Decke über die Beine, im Rollstuhl. Johanna nickt streng. Es muss sein.

Johanna zieht ihr die Decke weg. Sanft, aber mit Nachdruck. Sie sticht ihr die Nadel in den Oberschenkel.
Ein paar alte Frauen sehen pikiert zu. Auch die Kreuzworträtsellöserin und die sabbernde Zuseherin. Es ist, als ob die Zeit kurz stehen bleiben würde.
Johanna zieht die Spritze heraus, Magdalena verzieht keine Miene. Nur wenn man genau hinsieht, sieht man, dass sie Johanna einen verächtlichen Blick zuwirft. Magdalena hasst das Altenheim.
Die sabbernde Zuseherin unterbricht die Stille nach dem spitzen Stich. Sie meint, auch pikiert:

> *Dating-Plattformen sind ja ganz klar für Sex. Und natürlich, am Anfang, nach meiner Trennung, nach neun Jahren Treue, war ich schon sehr notgeil.*

Die Kreuzworträtsellöserin packt ein Taschentuch aus, um die Lacke, die sich unter der sabbernden Zuseherin gebildet hat, wegzuwischen. Sie wischt die Spucke mit dem Taschentuch auf.

Augustine sieht das und sieht angewidert weg. Sie schaut zu Agathe und sagt mit diesem angewiderten Blick:

> *Elitepartner ist ein bisschen spießig, würde ich fast sagen. So Bankleute, die eben so Haus, Hund, Kind haben. Ich will das jetzt nicht werten, das ist nur nicht meins.*

Und Agathe, die hier alles weiß, belehrt sie wieder:

Es gibt auch die Plattform Christ sucht Christ, die ist aber nicht für Schwule.

Agathe nickt Augustine freundlich zu, dann steht sie auf und verlässt das Zimmer. Sie hat ihrer Freundin genug beigebracht und wenn diese nicht weiterlernen will, dann eben nicht.
Agathe schiebt ihren Sessel langsam nach hinten und steht auf.

22 GÄNGE

Wieder am Gang hier. Agathe atmet schwer, das Gehen ist ihr anstrengend. Der Gang ist hell und mit vielen Fenstern versehen. Licht kommt herein. Während Agathe geht, filmen wir ihr Gesicht ganz nahe und sehen die Falten an. Ihre Hände, alte, runzlige Hände. Sie hat ein Armband, das ihr ein Enkerl geschenkt haben dürfte, ein Loomband, bunte Plastikbänder, Mode aus China, um das Armgelenk. Agathe hat auch ein Zopferl aus Knöpfen in ihre weißen Haare eingebunden. Sie trägt ein Nachthemd übrigens, wie die meisten Menschen hier. Hat keinen Sinn mehr, sich anzuziehen. Auf ihren Hausschuhen sind Quasten. Sie hebt die Füße nicht richtig, deswegen schlurft sie so. Sie lehnt sich kurz gegen einen Heizkörper. Viel Licht links und rechts. Sie atmet schwer. Agathe will ihre Situation erklären, alles nicht mehr so leicht im Leben:

Online-Dating ist ein extrem schnelles Mittel, sich kurzfristig einen Boost zu verschaffen. Das geht halt über Quantität. Die vielen Likes, also wenn du viele Likes bekommst, dann stärkt das dein Ego.

Sie rafft sich auf und schlurft weiter. Agathe geht in ihre Miniwohnung mit Ernst zurück.

23 ZIMMER ERNST UND AGATHE

Agathe sieht sich bedächtig die vielen Bücher von Ernst an. Ob das jemals ihr Leben war? Agathe setzt sich in ihren Stuhl. Ein großer, bequemer Stuhl mit dicken Lehnen links und rechts. Sie hat einen Korb mit Wolle neben sich, der fast übergeht. Das oberste Wollknäuel hat die Nadeln hineingesteckt. Agathe fängt an zu stricken. Rund um sie Fotos von ihr mit Ernst, als sie jung waren und auch als sie älter wurden.
Die ganze Wohnung der beiden ist überfüllt. Das Regal mit Büchern, die Wände mit Bildern, der Korb mit Wolle. Es ist dieses Phänomen, dass alte Menschen sich mit Dingen eindecken, weil es nichts zu tun gibt, außer kaufen. Oder stricken und lesen.
Ernst, in der anderen Ecke, liest Kant. Er ist tatsächlich ein Intellektueller. Er trägt eine Nickelbrille mit Kette und raucht Pfeife. Ernst schaut aus seinem Buch auf, sieht, dass Agathe wieder da ist, und liest ihr begeistert aus seinem Buch vor. Er

sieht dabei so begeistert drein, als würde er denken: Das ist so gut, das musst du auch hören!
Ernst liest vor:

> *Also ganz hetero-normativ, patriarchal muss man als Mann den ersten Schritt machen. Ich habe in einem von 20 oder einem von 25 Fällen erlebt, dass eine Frau mich zuerst anschreibt.*

Ernst liest begeistert weiter:

> *Also man muss selber die Initiative ergreifen und dann muss man sich natürlich erst mal überlegen, was schreibe ich. Man darf dann nicht zu needy rüberkommen, aber man darf auch nicht … Ein einfaches »Hey, wie geht's«, das reicht halt nicht normalerweise.*

Er schaut wieder nach, ob Agathe noch zuhört. Leider strickt sie wieder. Trotzdem liest Ernst weiter, schon weniger begeistert:

> *Dann muss man sich halt irgendwie eine nette Line einfallen lassen, ein bisschen jovialer, enthusiastisch, aber nicht zu enthusiastisch und gleichzeitig noch interessiert, und im besten Fall noch auf das Profilbild eingehen vielleicht, irgendwie, wenn sie was zu Hobbys oder sonst was geschrieben hat.*

Ernst sieht zu Agathe. Leider hört ihm Agathe jetzt gar nicht mehr zu. Sie ist höchst beschäftigt mit den Nadeln und dem Strickzeug, das sich verfangen hat. Sie flucht leise und entwirrt die Wolle.

Deswegen murmelt Ernst jetzt, mehr in sich hinein, er liest abwechselnd aus dem Buch und sieht uns manchmal an, dann spricht er direkt zu uns:

Und dann, das war das Schwierigste für mich, ein Gespräch am Laufen halten.

Er sieht zu Agathe, sie interessiert sich überhaupt nicht mehr für ihn. Ernst seufzt:

Ich gebe mir da Mühe und trete so humorvoll auf, wie ich sein kann. Dann kommt man zu diesem Punkt, wo man dann einfach fragen kann, ob man sich vielleicht mal so treffen möchte.

Er tut so, als würde er das Agathe fragen, nur für uns und nur darum, sich über seine eigene Situation lustig zu machen.

Oder ob man sich dann mal die Handynummer schickt und dann auf WhatsApp oder so weiterschreibt. Also, das Ziel ist ja immer, das Gespräch weg von dieser App zu leiten, um halt diesen Nimbus, wir sind hier auf so einer Hook-up-App ... irgendwie und schreiben jetzt hier um den heißen Brei herum, hinter sich zu lassen.

24 KÜCHE IM ZIMMER ERNST UND AGATHE

Ernst geht in die Küche und kocht sich heißes Wasser. Er will sich einen Tee aufstellen, das kann er gerade noch. Er sieht auf die Uhr, er erschrickt. Er lässt das Wasser kochen, er vergisst es einfach und geht hinaus. Nickt Agathe zu, und weg ist er.
Nein, er macht die Tür nochmals auf und nimmt seine vorbereitete Tasche. Dann aber weg.
Am Weg, an diesem langen Gang, sagt Ernst zu uns:

> *Das Verwirrende und das Komische ist halt, dass du das immer im Hinterkopf hast, dass du dich auf einer App kennengelernt hast und dieses Treffen vereinbart hast. Wo man im Hinterkopf hat, da könnte jetzt irgendwie ein sehr, sehr intimer physischer Kontakt werden daraus, irgendwie. Und das kann ordentlich nervös machen! Was macht ihn denn so kribbelig? Wo geht er hin?*

25 AUFENTHALTSRAUM

Die Kreuzworträtsellöserin wischt gerade eine neue kleine Lacke aus Spucke am Tisch unter der sabbernden Zuseherin weg. Sie zieht die Zeitung weg, damit sie nicht nass wird.
Rundherum immer noch ein paar alte Menschen, die vor sich hin schlafen. Der Fernseher läuft. Die alten Menschen und die

Atmosphäre umranken die sabbernde Zuseherin, die im Vordergrund des Bildes sitzt. Sie richtet sich auf:

> *So wie beim* Mensch ärgere Dich nicht: *Rausgeschmissen, zurück zum Start.*

26 ZIMMER KLAUS

Klaus wird abgeholt. Johann kommt mit einem Rollstuhl herein. Klaus freut sich, dass er abgeholt wird. Er legt gleich die Holzspriеßeln zur Seite. Johann würdigt das fast fertige Mini-Motorrad mit einem Nicken.
Johann hilft Klaus in den Rollstuhl. Klaus probiert es ganz allein, aber ist doch über die Hilfe froh. Er stützt sich bei Johann ab und erzählt dabei freudestrahlend:

> *Ich denke, es war vor ca. zwei Wochen. Da bekam ich eine wahnsinnig freundliche Nachricht.*

Schwupps, hinein in den Stuhl. Geschafft. Klaus sitzt gut. Johann nimmt noch eine vorbereitete Tasche von Klaus mit, er hängt sie an den Rollstuhl. Johann dreht die Räder und sie fahren los. Ab auf den Gang.

27 GÄNGE

Johann stellt den Rollstuhl mit Klaus vor der Tür ab. Er hat etwas vergessen. Johann nimmt die Tasche mit und geht ins Bad von Klaus, das im Zimmer ist.

28 BAD IM ZIMMER VON KLAUS

Johann nimmt noch einen Rasierschaum und eine Rasierklinge vom Waschbecken mit. Er sieht sich die Produkte kurz an, es sind altmodische Rasiersachen und Johann lächelt milde.

29 GÄNGE

Und Klaus erzählt während der Fahrt, so vom Rollstuhl nach hinten, noch mal:

Die Nachricht lautete: Verzeihung, dass ich jetzt so oft auf deinem Profil war, aber dieser Song, den du ganz hinten im Profil versteckt hast ... der lässt mich nicht mehr los ...

Johann schiebt Klaus aus seinem Zimmer hinüber zum Waschraum. Die Räder des Rollstuhls klappern über den Gang. Klaus sieht sehr fröhlich aus, wie wenn er auf eine Spazierfahrt ginge.

30 WASCHRAUM

Tür auf, Klaus rein. In den Waschraum. Mit der feuchten Stimmung. Mit vielen Wassertropfen, die das Leben spiegeln. Sie verbreiten diese stimmungsvolle Trauer, die man hat, wenn es regnet und man im Warmen sitzt oder wenn ein Kind lacht. Diese stimmungsvolle Trauer, die irgendwie mit dem Ablaufdatum des Lebens und dem Lauf der Dinge mittendrin zu tun hat. Wie die wahre Liebe.

Die zwei alten, schönen Männer hier, Klaus und Konrad, herabhängende Haut, viel Würde, versprühen wiederum eine bedachtsame Stimmung, weil sie alle Bewegungen langsam und bedachtsam ausführen.

Konrad sitzt nackig, mit dem Handtuch um der Hüfte, an der Seite, wartend auf seine eigene Waschung. Wie im Hamam. Licht dringt durch das Fenster.

Klaus wird langsam von Johann in die Badewanne gehoben. Also Johann unterstützt Klaus beim Versuch, allein in die Wanne zu steigen. Zuerst das eine Bein, dann das andere Bein.

Johann drückt dabei fachmännisch auf zwei Knöpfe an der Vorrichtung, um wieder abzublasen, dass ein Rollstuhl hineingehoben werden soll.

Der alte Mann sitzt jetzt in der Wanne. Wasser läuft ein. Er spielt vergnügt mit dem Wasserstrahl. Johann sieht ihm zu und lächelt ein wenig.
Das Radio spielt eine Melodie. Konrad steht auf und geht langsam durch den Raum. Er dreht auf einen anderen Sender, den mit der Klassik. Die Oper kommt wieder.
Während Konrad zurückgeht, erzählt Klaus weiter:

Ich sah mir die Nachricht an. Ging auf ihr Profil. Und bingo. Ihr Nickname war »melody«.

Die Oper bäumt sich dabei erhebend auf.

Unter ihrer Lieblingsmusik fand ich dieses außergewöhnliche Wort, das mich auf einmal mehr als neugierig machte. Sie höre wohl gerne »Indianermusik«.

Konrad steht wieder auf, um das Radio wieder leiser zu drehen, damit er Klaus besser versteht. Und Klaus erzählt die Geschichte jetzt nur noch ihm:

Also schrieb ich ihr zurück. Sie erklärte mir, dass sie gerade dabei war, ihr Profil zu löschen und auszusteigen. Sie wollte nur Briefkontakt haben, Gedanken austauschen und niemanden treffen. Ich ließ mich darauf ein.

Klaus duckt sich, der Rücken wird ihm gewaschen. Wasser rinnt die Falten hinab. Man muss sich überhaupt die ganze Szene

nass und vergänglich, traurig und intensiv vorstellen. Und immer die Wassertropfen dazu.
Klaus duckt sich und bekommt warmes Wasser aus der Dusche von Johann über den Rücken gespült. Das Wasser rinnt an seinem faltigen Hals herab.
Fertig mit dem Rückenduschen. Johann hängt die Dusche wieder ein und setzt sich an den Rand der Wanne zurück.
Klaus erzählt Konrad weiter:

> *Und wir fingen an, unsere tiefsten Gedanken, Gefühle und Emotionen auszutauschen. Voll Poesie, Träumereien. Lachen, Weinen, Humor … all das, was uns bewegt. Wir schickten uns die Songs, die uns bewegen. Unser Leben war von Musik erfüllt. Wir erzählten uns gegenseitig von unserem harten Leben.*

Jetzt spricht er auch zu Johann:

> *Und wir fanden heraus, dass wir beide viele Schicksalsschläge einstecken mussten. Und dass sich unsere Leben in gewisser Weise irgendwie zu ähneln schienen. Und zwar … frappierend ähnlich.*

Klaus lehnt sich zurück und genießt einen Moment das heiße Wasser rund um seinen Kopf. Also er legt sich auf dem Rücken in die Wanne und starrt nach oben. Allein in seiner Erinnerung und der Wasserblase. Wir filmen ihn von oben. Ein Moment der Stille.

Klaus setzt sich wieder auf. Er wischt sich das Wasser von den Haaren. Johann kommt mit Seife. Er bewegt Klaus hin und her. Er hebt ihm die Arme, Seife, er schmiert ihn richtig ein. Wir sehen minutiös, wie Klaus gewaschen wird. Die Haut. Die Zehen. Wie Johann ihm bedächtig und sorgsam die Zehen einzeln wäscht. Die Seife, der Schaum. Die Haut, noch mal.
Und Klaus spricht dazwischen zu Konrad. Konrad hört nur zu. Er sitzt auf seiner Bank und hört zu.
Klaus sucht Konrads Blick. Er spricht deswegen unter Johanns Arm hindurch:

Wir bewegten uns in Gedanken wie ein gleichgeschaltetes Uhrwerk. Und wir stellten von Brief zu Brief mehr fest, wie ähnlich wir uns im Denken und Fühlen waren. Und als sich das Erstaunen in uns ausbreitete und wir beide sehr nachdenklich wurden, schlug ich vor, ob wir nicht telefonieren sollten. Entweder geschah hier gerade etwas sehr Gefährliches oder etwas total Wunderbares.

Johann wäscht sich die Seife aus den Händen im Wasserstrahl. Das Wasser rinnt. Johann hat ziemlich lange Nägel, die sollte er mal schneiden. Er greift mit der einen Hand die Nägel der anderen Hand an. Er wäscht die Seife auch aus den Nägeln. Die zwei alten Männer achten nicht auf ihn und umgekehrt. Sie sind so vertieft in ihr Gespräch.

Das Telefon klingelt, ich geh ran.

Klaus hebt die Hand. Ein Moment Spannung und Pause. Dann erzählt er weiter:

> *Und ich vernehme diese wundervolle Stimme am anderen Ende der Leitung. Und da war sie wieder. Diese absolute Vertrautheit. Sie kenne die Liebe nicht, sagt sie. Und sie habe Angst davor, panische Angst …, sagt sie. Außerdem habe sie Angst davor, dass wir in unserer Traumblase die Realität nie erreichen würden. Und das wolle sie nicht zulassen.*

Klaus fixiert Konrad mit seinem Blick. Seine Augen blitzen richtig. Dabei sagt er:

> *Aber zu diesem Zeitpunkt wusste ich es schon.*

Pause.

> *Da saß diese hochsensible, hochemotionale, traurige und von Schicksalsschlägen gebeutelte Kriegerin des Lichts am anderen Ende der Leitung – und war meine Traumfrau.*

Klaus wird aus der Badewanne gehoben. Langsam erhebt sich der Berg, der Berg von einem alten Mann. Obwohl er schmächtig ist, wirkt er mächtig. Die Wassertropfen perlen feierlich von ihm ab. Johann unterstützt ihn, wo er nur kann. Es ist eine kolossale, langsame, gefühlvolle Arbeit, den alten Mann aus der Badewanne zu heben.

Johann greift auf das Stockerl neben sich, wo er ein Handtuch hergerichtet hat. Klaus bekommt sein Handtuch. Er wischt sich über das Gesicht. Die Augen kommen wieder zum Vorschein und er sieht uns tief an. Großaufnahme. Die Erkenntnis kommt von ganz unten und die Erkenntnis ist unumstößlich.

31 WEG ZUM ALTENHEIM

Eine junge Mutter kommt zu Besuch, Lara. Sie wirkt gestresst, die Handtasche rutscht ihr ständig die Schulter hinunter. Raufziehen, wieder raufziehen. Sie kann ihre Tasche aber nicht mit einer Handbewegung am Mantel entlang zurückschieben, weil sie ja den vollbepackten Kinderwagen mit beiden Händen schieben muss. Und den Moment, kurz stehen zu bleiben und sich die Tasche richtig zu richten, den gibt es in Laras Leben im Moment einfach nicht. Im Moment. Irgendwann ist sie aus dieser Hölle auch wieder draußen. Neben ihr, die Hand am Kinderwagen, trottet ihr zwölfjähriger Junge, Leon. Er ist in der Pubertät und damit prinzipiell etwas abwesend.
Hinter ihr, zwei Meter Abstand, schlurft noch ihr neunjähriger Luis. Er spielt auf seinem Nintendo, natürlich geheim.
Laras denkt aus dem OFF:

> *Wir haben ewig lang hin und her geschrieben, diese Zeit war ewig, aber immer nur mit SMS. Bis dass er dann irgendwann, an*

einem Freitag oder so, gesagt hat, er kommt jetzt vorbei, ganz spontan, irgendwie um zehn am Abend. Und dann ging alles ganz schnell. Mein Leben war wieder da. Mein eigenes, erwachsenes Sexualleben. Für mich war das der Beginn wieder meines Sexuallebens.

Währenddessen fährt sie weiter, Richtung Tür, schaut sich dann um nach den Kindern. Sich wegdenken und den Alltag bewältigen gleichzeitig – darin ist sie unabsichtlich Meisterin. Sie meint zu Leon, der brav an der anderen Seite des Kinderwagens geht, dabei entdeckt sie Luis hinter sich:

Das hat sich bei mir schnell in so ein Spiel entwickelt, wie so ein Gameboy-Spiel, weil ... Ey, am Anfang war ich so süchtig, okay, weil ich immer so dachte, okay, ich mache jetzt noch zehn oder ich mach jetzt noch so lange, bis mir einer gefällt, oder ich mach jetzt noch bis ein Uhr früh. Und dann hab ich immer so nachts ... Das ist so wie Soap schauen oder so. Wie halt ein Spiel spielen.

Die Mutter bleibt stehen und schimpft mit ihrem Spieler. Das Nintendo wird einkassiert.
Lara schimpft:

Wenn du da mitten im Daten drinnen bist, du schaltest das Ding oder die App nicht mehr aus, auch wenn du längst mit jemandem zusammengekommen bist. Das läuft dann weiter, die ganze Zeit im Hintergrund. Es macht halt süchtig!

Lara richtet sich die Haare, Haltung bewahren, schließlich geht sie zu ihrem Vater. Nintendo verstauen. Luis zieht ein beleidigtes Gesicht.
Lara bückt sich hinunter, neben den Kinderwagen, und nimmt ihre Kinder an den Händen. Sie sieht sie eindringlich an. Sie schwört sie darauf ein, dass sie jetzt brav sein sollen:

> *Ich hatte mir eine Challenge auferlegt: 70 Tage 70 Männer. Bei 34 circa hab ich dann aufgegeben, aber eine Zeitlang hab ich echt jeden Tag einen getroffen. Und ganz oft kams auch zum Sex. Das geht ja ganz leicht, weil alle damit rechnen.*

Alle Hände werden fest gedrückt, dann erst losgelassen. Die Kinder nicken. Abgemacht. Sie werden brav sein, heißt ihr Blick.
Alle trotten, das Baby in der Mitte, durch die Schiebetür zum Lift. Leon, der ältere Bruder, wirft Luis, dem Nintendo-Spieler, einen kurzen neckischen Blick zu. »Bäh, bäh, dein Nintendo ist einkassiert«, soll der Blick heißen. Luis funkelt zurück.
Oje, hoffentlich werden sie wirklich brav sein.

32 GÄNGE / STOCKWERK

Lara steigt mit dem Kinderwagen und der Meute einen Stock weiter oben wieder aus. Sie gehen den Gang entlang. Sie gehen zu Klaus hinein ins Zimmer.

Sie begrüßen ihren Opa. Klaus will Luis das Motorrad zeigen, der sieht kurz hin, doch ist nicht wirklich interessiert. Die Kinder geben ihrem Opa rasch Bussi Bussi, dann spielen sie mit der Katze. Eine Katze mit wildem, braunem Fell und spitzen Ohren. Klaus sieht seinen Enkerln beim Spielen zu.
Klaus spricht dazu, als ob er aus einer anderen Sphäre schaute und die Reinheit der Kinder besänge:

> *Wir hatten uns vorgenommen, nur ein kurzes Fünf-Minuten-Telefonat zu führen. Das dann irgendwann nach sieben Stunden endete. Unsere Traumblase war nicht zerplatzt. Wir breiteten unser ganzes Leben vor uns aus. Weinten gemeinsam, lachten viel. Und stellten dann mit Erstaunen fest, dass sogar unser Humor exakt der gleiche war.*

Lara setzt sich, schaut ihren alt gewordenen Vater an. Er sieht zurück. Der Moment bleibt stehen. Dann schaltet der Film auf Zeitraffer und der Rest vom Besuch wird ganz schnell abgespult: Kuchen essen, Baby kriegt Milch, Chaos. Dann läuft er wieder in Normalgeschwindigkeit und die Familie verlässt gerade den Raum. Lara eilt nochmals zurück, sie hat die Flasche des Babys am Tisch stehen lassen. Sie winkt Klaus abwesend, der winkt einsam zurück. Die Kamera verlässt den Raum. Ganz, ganz langsam. Klaus sitzt da und schaut seiner Familie traurig nach. Klaus flüstert und der Ton zischt zu uns:
Können so viele Gemeinsamkeiten Zufall sein?

34 KÜCHE

Mittagessen! Zeit fürs Mittagessen! Grad, dass keine Glocke durch das Altenheim läutet wie in der Schule. Der Hilfskoch schachtelt seine Fleischlaibchen auf Tabletts. Der Koch beobachtet den Hilfskoch argwöhnisch. Er rührt im Teig aus Fleisch, um die Konsistenz zu testen. Scheint in Ordnung zu sein.
Dann sieht der Koch durch die Glasscheibe der Tür: Janette, die junge Pflegerin, steht davor mit einem Tablett. Sie lächelt ihm verhalten zu. Der Koch lächelt verhalten zurück.
Die Fleischlaibchen werden wie am Fließband eingereiht und fliegen durch die Gegend.

35 GÄNGE

Wir fliegen mit einem Fleischlaibchen mit, an Janette vorbei, über den Gang ins Zimmer von Magdalena.

36 ZIMMER MAGDALENA

Magdalena sieht die Kamera, schwermütig. Wir gehen näher zu ihr und mit uns das Tablett mit Fleischlaibchen, das ihr ans Bett geliefert, durch das Bild geschoben, auf ihren Schoß gedrückt wird. Ganz nahe an ihren Körper heran, auf die

Beine im Rollstuhl. Ganz nahe an ihren Körper, damit sie nicht patzt.
Magdalena sieht sehnsüchtig aus dem Fenster. Wolken ziehen auf. Wind. Ihre Stimme kommt sanft und traurig aus dem OFF, legt sich zur Stimmung dazu über ihr Bild:

Du fragst mich, wie das Wetter war? Vor meiner Befreiung, als ich bei ihm eingesperrt war, habe ich das Wetter überhaupt nicht mehr wahrgenommen. Ich wusste nicht mehr, ob Sonne, Sommer, Winter, irgendwas ist. Ich hatte keine Beziehung zu draußen.

Johanna, auf einmal da, unterbricht die Sehnsucht. Sie steht jetzt neben Magdalena am Fenster. Sie deutet Magdalena, die Tabletten auf dem Tablett auch zu nehmen. Magdalena nickt. Sie isst trotzdem weiter, sehr langsam.
Johanna nimmt ihr den Löffel weg und fängt an, sie zu füttern, denn sie merkt, dass Magdalena sonst wieder nicht gscheit essen würde. Also, sie stopft ihr das Essen hinein. Magdalena übergibt sich fast.
Johanna will ihr, zum Essen dazu, jetzt auch die Tabletten geben. Magdalena weigert sich, die Dinger zu nehmen. Johanna bleibt streng, sie klopft unbarmherzig auf das Tablett. Währenddessen hören wir Magdalena aus dem OFF:

Ich hatte Gewalt schon zu Hause erlebt. Meine Mutter hat sich von meinem Vater getrennt, weil er sehr gewalttätig war, ich hab eine schwere Kindheit gehabt, also ich ... ich war die

Prinzessin meines Vaters, das heißt, ich hab Gewalt nur mit ansehen dürfen ... aber nicht spüren dürfen. Deswegen, denk ich mir, ist mir das alles passiert.

Johanna zerstampft eine der Tabletten mit dem Stiel der Gabel und rührt das weiße Pulver in das Essen. Dann füttert sie Magdalena weiter unbarmherzig.

Dann kam quasi meine Zeit. Wo ich es spüren durfte. 14 Jahre lang. Da hab ichs mir geholt. Von meinem Ehemann.

Magdalena nimmt eine Tablette in den Mund und starrt dabei unbarmherzig zurück. Johanna geht. Sie denkt, sie hat gewonnen, doch ... Sobald Johanna sich umgedreht hat, spuckt Magdalena die Tablette wieder aus.
Magdalena fährt mit dem Rollstuhl nach hinten zu ihrem Schrank, öffnet ihn umständlich, sie hakt dabei den Stuhl unten am Kasten ein und holt eine kleine Dose heraus. In der Dose hat sie schon etliche Tabletten gesammelt. Sie steckt die neuen zwei dazu. Und aus dem OFF hören wir darüber:

Mit 17 war ich schwanger. So hat halt die Geschichte begonnen. Von einem Junkie, auf Methadon, Tabletten. Ich hatte noch keine Ausbildung und nix und da war ich schwanger. Ich hatte eigentlich keine Lust auf einen Junkie und Kind. Ich hab ihn vor die Wahl gestellt: »Die Drogen oder ich.« Und er: »Nö, die Drogen.«

Magdalena sieht wieder sehnsüchtig aus dem Fenster. Ihre Stimme kommt aus dem OFF, erzählt über dem Bild der alten, sehnsüchtigen Frau im Rollstuhl am Fenster:

Da hab ich mich von ihm getrennt. War allein. Und dann meinen zukünftigen Ehemann kennengelernt, den Psychopathen. Ich 17, er 33. Stell dir vor. Der Vaterersatz. Er hat mich regelmäßig vergewaltigt. Ich war abgeschnitten vom Rest der Welt. 14 Jahre lang in einer Gewaltbeziehung mitten in der Hölle.

37 GARTEN BLICK

Unten im Garten, in Magdalenas Blick, gehen Agathe und Augustine spazieren. Die eine Frau ist bei der anderen Frau eingehakt. Magdalena sieht die zwei Frauen, die verhakten Arme, zwei Blumen am Weg. Sie beobachtet die beiden. Und aus dem OFF dazu weiter:

Hin und wieder Abtreibungen, die ich selber gezahlt hab, geheim. Zwei Kinder hab ich noch von ihm bekommen. 14 Jahre habe ich ausgehalten, ja. Und dann bin ich mit 30 durch meine Online-Geschichte geflüchtet. Durch meine zauberhafte Online-Geschichte. Und von der werde ich jetzt erzählen.

Magdalena entsichert mit der Hand den Mechanismus ihres Rollstuhls, stellt die stinkenden Fleischlaibchen auf den Boden und fährt hinaus. Ihre Katze macht sich über die Fleischbrösel her, auf dem Teller am Boden. Magdalena fährt ins Freie.

38 GÄNGE / BLICK IN ZIMMER KLAUS

Der Rollsessel macht Rat-ta-ta-tat, das Geräusch zieht die Kamera ab, sie klebt an den lauten Rädern und rattert mit. Magdalena rauscht am Zimmer vom Klaus vorbei, kurzer Blickwechsel, der Mann sieht sie an, Hölzchen in der Hand, Klebstoff am Tisch, Magdalena sieht noch das Foto von der Chopper in Amerika mit Klaus in Lederkluft, dann muss sie weiter.

39 GÄNGE / GARTEN

Rat-ta-ta-tat. Langsam lichtet sich die Szenerie. Magdalena muss in den Garten. Um die Luft zu riechen oder vielleicht auch um Fluchtwege zu checken. Die zwei Blumen, an denen die zwei anderen Damen vorhin vorbeigegangen sind. Magdalena bleibt stehen und atmet die frische Luft.
Magdalena fährt los und erzählt dazu aus dem OFF:

Ich hab ihn auf so einer Plattform gefunden. Ich war aus Verzweiflung so mutig. Voll geheim, unter Lebensgefahr, einfach gemacht. [...] Ich war so aufgeregt, wegen der Gefahr, dass ich mich an den Anfang gar nicht erinnere.

Magdalena fährt fröhlich umher. Andere, bunte Blumen, Vögel, Wiese. Sonne.

Er war Designer, für Internetseiten, ich Gestalter. Und dann, stell dir vor, der Dimitri-Psycho zu mir: Du, wir brauchen eine Internetseite und ich möchte, dass du jemanden suchst. Plop: Hatte ich den schon. Der Dimitri hat sich gar nicht gewundert. Er wollte, dass ich mit meinem Retter kommuniziere, ohne was zu ahnen.

Die Parklandschaft ist hügelig und prächtig. Eigentlich ist der Park ziemlich klein, aber es gibt immer wieder versteckte Ecken, aus Hecke und Rosen. Und wenn man herauskommt, öffnet sich der Blick.
Der Gärtner ist mit den Blumen beschäftigt. Es gefällt ihm hier, die Arbeit ist gemütlich. Er kann Blumen einsetzen, so viel er will. Und wie er will. Er setzt gerade kleine Winterrosen ein. Er bewundert die Blätter. Und sie halten über den Winter. Magdalena bleibt stehen und sieht dem Gärtner lächelnd zu. Aus dem OFF kommt wieder ihre Stimme:

Stell dir vor, das war, es ist immer passiert, während einem Mittag praktisch – der Dimitri-Psychopath ist irgendwo gesessen im Haus, er hat immer so geschaut, und wusste aber nicht, dass ich dran bin. Und ich war wirklich dran. Es war

Wahnsinn. Wir haben uns übers Internet die Leidenschaft für die Freiheit gegenseitig gegeben. In mir ist die Suche nach Freiheit durch ihn real geworden.

Magdalena fährt los und die Kamera erhebt sich auch und rauscht ab.

40 GARTEN / HÜGEL

Einmal um die Blumen herum, am Gartenhaus vorbei, über den Hügel. Also die Kamera fliegt jetzt weiter ohne Magdalena, durch den Garten und der Text rauscht mit.

Aber dann irgendwann kam vom Retter in seiner Kommunikation plötzlich: »Das ist einfach unmöglich, das ist eine Verbindung, die nicht real ist.« Und ich habe immer dafür gekämpft: »Doch, sie ist real.«

41 GARTEN / MAUER

Stopp, die Kamera bremst ab, ist ganz woanders, aber Magdalena ist auch wieder da. Irgendetwas wurde übersprungen oder es geht hier mit irrealen Dingen zu.

Magdalena steht da, ganz woanders im Garten, und sieht sehnsüchtig zum Gärtner, der jetzt hier auf einer Leiter das Unkraut von der Mauer zupft. Er darf da oben stehen und kann über die Mauer in die andere Welt sehen. Magdalena sieht seine Hände und die Grenze der Mauer. Den Himmel dahinter.

42 GARTEN / ZIMMER MAGDALENA

Der Gärtner kommt, der Koch kommt. Gemeinsam heben sie Magdalena aus ihrem Stuhl. Magdalena hängt mit den Armen am Hals des Gärtners, wie ein frisch vermähltes Paar. Ihr Rock weht. Ihre Arme umfassen ihn zärtlich. Sie ist glücklich.
Magdalena kann wieder gehen, riecht an den Blumen. Gärtner und Koch sehen lächelnd zu. Magdalena tanzt herum, wird ungestüm, sie wirbelt hin und her, bis sie in ihrem Zimmer sitzt. Am Fenster. Im Rollstuhl.

43 ZIMMER MAGDALENA

Magdalena sieht sehnsüchtig aus dem Fenster, wie jeden Tag, wie immer. Die Katze frisst immer noch von dem Teller am Boden. Das Rat-ta-ta-tat der Räder vom Rollstuhl hallt jetzt in Magdalenas Ohren nach. Magdalena ist nie weggefahren.

44 GÄNGE / EINGANG BIBLIOTHEK

Die Geräusche vermischen sich. Der Putzwagen rollt, auch mit lauten Rädern. Janina schiebt ihren Wagen, auf dem die Putzmittel dabei wackeln, auf dem Gang vorbei.
Janina schiebt den Putzwagen mühsam in die Bibliothek hinein. Sie hält mit dem Fuß die schwere Tür offen.

45 BIBLIOTHEK

Eine große dunkle Bibliothek. Die Wand voll mit Büchern, mit einer Leiter, die man verschieben kann. Auf der Leiter steht Bertram, der Professor. Ein ehrwürdiger alter Mann, mit Haaren, die süß links und rechts wegstehen. Bertram ordnet konzentriert die Bücher. Während wir ihm zusehen, hört man eine Stimme von unten sprechen. Bertram sieht hinunter zu Agathe:

> *Ich wollte einfach wirklich nur Sex. Fertig, raus und danke. Und dann habe ich jemanden gesucht, der das genau auch wollte. Und dann hat er mir Fotos geschickt …*

Die Stimme kennen wir. Am Boden, das einzige Mal Parkett in diesem Haus, sitzen mehrere Menschen im Kreis. Sie haben einen Ball, den sie hin und her werfen. Jeweils die Person, die den Ball hat, muss/darf sprechen. Eine Therapiesitzung. Das Thema heute: Selbstoptimierung!

Agathe, mit dem Ball in der Hand, die Stimme beendet ihren Satz:

> *... also dann hat er mir halt ein unglaublich schönes erigiertes Penis-Foto geschickt. Und das war für mich sehr spannend.*

Sie lächelt stolz. Bertram dreht sich, oben auf der Leiter, zurück zu »seinen« Büchern. Die anderen Menschen unten im Kreis lächeln auch. Agathe wirft den Ball weiter.
Augustine, die den Ball fängt und festhält, meint:

> *Mein Arbeitskollege, der schickt immer nach dem ersten Blabla (Wie geht es dir, was machst du gerade) ein Foto von seinem Schwanz. Und oft, ganz oft, kommen Muschis oder Brüste zurück. Die treffen sich, meist gleich – ich mein, die müssen alle echt Zeit haben.*

Ein alter Mann mit treuen Augen, bereut, dass es bei ihm nicht so einfach ist. Er hat einen dicken Bauch und sieht mit seinen treuen, traurigen Augen aus wie ein Riesenbaby:

> *Es ist halt für mich logistisch nicht so einfach. Ich habe halt einen Sohn, da, ich muss halt irgendwie schauen, wenn ich das gleich reinschreibe, meldet sich niemand. Das darf man nicht machen. Das schreibe ich nicht in mein Profil! Sagst du, dass du Kinder hast, kommen keine Angebote. Und wenn du welche hast, wie sagst du es?*

Die anderen nicken alle im Kreis. Vollstes Verständnis. Eine Ärztin, die die Gruppe leitet, mit weißem Kittel und Stethoskop, nickt ihm auch zustimmend und aufmunternd zu.

> *Ich kann jetzt nicht die ganze Nacht saufen gehen und dann zu dem heimgehen, sondern es ist halt meistens so, ich muss den Babysitter ablösen und nehm den dann halt oft zu mir heim und dann habe ich halt im Wohnzimmer Sex.*

Janina wischt durch den Raum und kommt jetzt bei der Gruppe an. Umständlich müssen alle abwechselnd sich behäbig erheben, damit Janina mit dem roten Wischmopp den Boden überall erwischen kann. Janina hat ihren riesengroßen Putzwagen mit allen möglichen Accessoires dabei. Der alte Mann mit treuen Augen steht gerade und hält seinen Sitzpolster fest an seinen Bauch. Janina wischt unter seinem Platz. So geht das Mensch für Mensch. Dabei erzählt Janina den alten Menschen etwas:

> *I put some of my photos but only my body, I didn't want to show my face, because it's Bosnia. So basically, I started getting all these invitations for sex, you know. And many guys started sending pictures of their dicks. And for me that's not sexy. I mean that's like you trying to meet someone and all of a sudden you get the picture of a dick.*

Es ist eine Mischung aus Beschwerde und Geschichte. Manche alte Menschen nicken, wenn Janina sie ansieht, andere schauen befremdet. Also Janina tritt richtig in einen Dialog mit den Anwesenden, beim Durchwischen.

> *But that guy, he was also a bit on the shy side, he never send me his dick pic. So I was kind of attracted by that fact. And he did show me a picture of his face. But this is what I did: because sometimes people would open fake profiles and send pictures from other people. [...] I asked him, that he takes one piece of paper and I told him what he should write on that piece of paper and I told him, take that piece of paper, hold it in front of you and take a picture with that piece of paper, with that message that I told him. So when he sent it, I was sure that it was him, not someone else.*

Der Professor, Bertram, steht immer noch auf der Leiter und ordnet Bücher da oben. Er ist zwar komplett woanders, hat aber auch etwas dazu zu sagen. Er erklärt uns, von oben auf der Leiter:

> *Man hat natürlich so eine learning curve. Man beginnt sich zu überlegen, wie kann ich mich attraktiver machen und vielleicht irgendwie einen ansprechenderen Text machen. Ich glaube, meine Fotos waren nicht besonders gut in der ersten Phase. Und dann muss man sich auch irgendwie eintunen. Man merkt ja, wenn man kein Feedback bekommt. Das ist wie im Tierreich, wo dann die männlichen Vögel auch das schönere Gefieder haben müssen.*

Ilse ist auch da. Ilse, die am Anfang des Films die Windel anbekommen hat. Sie sitzt mit diesem weißen, langen Hemd, das an Irrenhausinsassen oder Lungenkranke in Filmen erinnert (es bleibt hinten offen, also es wird nur zugeschnürt, aber zwischen den Bändern sieht man die Haut), und ihrer Windel im Schneidersitz. Mit diesen scharfen, durchdringenden Augen sagt sie:

Leblos, Lieblos. Für mich war das mein Einstiegspunkt, der Name. Also wie stelle ich Kontakt her, über den Namen. Also meine erste Frage: Darf ich fragen, warum du »Leblos« heißt? Und dann schreibt sie zurück, es war ein Fehler, von ihr. Die Bedeutung sollte eigentlich sein, losleben. Also leb los. Aber es war zusammengeschrieben und sie konnte es dann nicht mehr ändern im Computer. Das wurde zusammen und war ein Wort: Leblos.

Janina putzt weiter, die Leiterin der Gruppe, eine Ärztin, besonders weißer Kittel, bekommt den Ball. Sie deutet Janina, weiter drüben zu putzen. Dann wendet sie sich wissend an die Teilnehmer ihrer Gruppe. Sie wird die heutige Gruppe jetzt mit ihrem Statement zusammenfassen, erläutern und die Menschen dann entlassen. Die Ärztin fasst zusammen:

Ich liebe Analsex und ich liebe Feminismus. Und wenn das Leute zusammenbringen können, dann finde ich das schon interessant. Und es haben auch viele Leute drauf reagiert und viele haben das aber nicht gepackt. Also, für viele war das echt so … die haben sich an dem Feminismus gestört oder sind total vulgär geworden wegen Analsex.

Die Ärztin beobachtet Janina, die wieder näher kommt. Das nervt sie. Sie versucht, sich nichts anmerken zu lassen, und spricht weiter:

Für viele war das einfach so ein krasser Widerspruch. Und für mich ist das einfach so … wichtig, wenn es um Sex geht, dass es eine, eine Basis gibt, also eine feministische Vertrauensbasis und dann kann da auch so was Krasses wie SM oder Analsex oder was auch immer passieren.

Die TeilnehmerInnen stehen auf. Der Mann mit den treuen Augen nimmt seinen Polster mit und trottet davon. Die Ärztin beginnt, die andere Polster wegzuräumen. Janina will ihr helfen, daraufhin lässt die Ärztin ihre Arbeit sein und geht einfach. Janina räumt den Rest der Polster allein weg.

46 BIBLIOTHEK / GÄNGE

Mit beleidigter Schnauze schnappt sich Janina den Putzwagen und fährt wieder los. Sie wird sich das sicher nicht bieten lassen! Sie rattert, sehr laut, weiter. Umständlich durch die Tür und dann hinaus auf den Gang.

47 SWIMMINGPOOL GLASTÜR

Janina fährt und fährt und öffnet dann, wieder umständlich, die Glastür zum Swimmingpool. Ernst, mit dem Handtuch über der Schulter wie Linus mit seiner Kuscheldecke aus den *Peanuts*, lässt gerade hier die Treppe hinter sich und schlüpft mit, durch die große Glastür.

48 SWIMMINGPOOL

Am Swimmingpool in diesem Altenheim, alles grau in grau und im Untergeschoss. Hallig. Plop plop plop macht ein rundes, silbernes Waschbecken in der Nähe. Glattes Glitzergrau, das nur Beton kann. Schön ist es hier, düster. Es wirkt wie ein modernes Museum.
Das Becken in der Mitte ist klein und rechteckig. Eine Leiter an der Seite führt hinein. Der Raum hat dieselbe Form wie das Becken, nur größer. Das Wasser spiegelt sich somit an allen Wänden. An der Seite ist die Tür aus Milchglas, die zum Massageraum führt. Manchmal wandelt die Frau in Badeschlapfen, nicht unsexy und diesmal wirklich in Badeschlapfen, durch das Bild. Drei alte Männer, Ernst, Eduard und Edgar, sitzen am Rand des Schwimmbeckens nebeneinander. Ihre runzligen Beine hängen in das kühle blaue Wasser, das sich grau spiegelt in der grauen Betondecke.

Ernst, unser Intellektueller, in der Mitte der drei, beginnt den anderen beiden seine Geschichte hier zu erzählen. Er sieht sie dabei abwechselnd an:

In die Chloé hatte ich mich ungeplanterweise verliebt, aber ich wollte die Sabine daten. Und irgendwann, während ich die Sabine so eine Weile gedatet hab, hat die Chloé auf einmal gemeint, sie möchte vielleicht doch mehr. Und dann war das eine extrem schwierige Phase, denn ... also eine sehr druckintensive Phase, weil ich hab von der Chloé einen Druck gehabt.

Er deutet den anderen beiden den Druck, mit der Faust der einen Hand in die andere Hand gedrückt, an. Eduard nickt ihm bepflichtend zu. Eduard ist groß und nobel. Er hat einen gepflegten Schnauzer und eine große Nase. Man könnte meinen, Eduard ist unsympathisch, weil hochnäsig. Edgar wiederum, auch er politisch links, aber, na ja, ein bisschen weniger intellektuell, wäre auch gerne groß geworden, ist es aber nicht. Nur sein Bauch. Und Ernst erzählt weiter:

Und die Chloé hat gewusst, dass ich die Sabine mag. Aber dass mir irgendetwas bei ihr fehlt. Also es ist nicht so, dass die Chloé vom Charakter her die einfachste Person gewesen wäre. Aber irgendwann habe ich dann doch, schweren Herzens, das mit der Sabine beendet, um mit der Chloé zusammensein zu können.

Eduard möchte auch gerne etwas erzählen. Er versucht immer wieder, mit offenem Mund, ein Wort zu sagen. Seiner Meinung nach wäre er auch bald dran. Aber Ernst erzählt noch fertig:

Gerade auch weil sie mir mehr und mehr eben diesen Druck gemacht hat und gesagt hat, ja komm, das macht doch keinen Sinn mit der Sabine, auf Dauer.

Eduard schafft es, Ernst zu unterbrechen. Ernst gibt auf und Eduard beginnt schnell:

Wir waren nicht sexuell intim, aber sie hat mir einen geblasen im Auto. Und das finde ich echt arg, als Mädchen, wenn man jemanden noch nie, im nüchternen Zustand auch noch, jemanden noch nie gesehen hat, nur über die Dating-Plattform geschrieben, und dann geht's gleich so zur Sache.

Eduard sucht die Zustimmung der beiden anderen. Beide nicken fleißig.

Und dieses Mädchen hat dann genau meine Beziehung zerstört, mit der Frau, die ich echt gerngehabt hab.

Edgar will auch auftrumpfen! Jetzt ist er dran:

Dann hatte ich so zwei Frauen gleichzeitig!

Die anderen beiden nicken wieder zustimmend. Das Blatt hat sich gewendet. Jetzt ist Edgar in Führung. Sie trumpfen auf, sie versuchen sich gegenseitig zu übertrumpfen, und das die ganze liebe lange Zeit.

> *Das war für mich eine perfekte Mischung, weil die Nachhaltige, die war so sanftmütig, die hat mich viel gestreichelt, die war mir sehr nahe, die hat mich extrem aufgenommen als »Du bist richtig, du bist gut«. Das ist eine Erfahrung, die hatte ich eigentlich selten in meinem Leben, dass mir Frauen einfach das Gefühl geben, egal wer du bist, du bist gut. [...] Sie ist Russin und in Russland ist das so.*

Die Frau in Badeschlapfen schlurft an ihnen vorbei. Alle drei sehen ihr nach. Edgar erzählt einfach weiter, mit dem Blick nach links, zur Frau in Badeschlapfen:

> *Sie war aber sexuell ein bisschen unerfahren und ich wollte nicht Entwicklungsarbeit leisten und ich war dann irgendwie schon richtig süchtig nach der anderen. Der Sexbombe.*

Die Frau in Badeschlapfen wird jetzt ins Wasser gehen. Alle Männer starren nach vorne, alle drei, und halten dabei kurz vor Erstaunen die Klappe. Denn sie zieht sich an der Seite den Bademantel aus und stellt die Schlapfen hin. Sie wankt mit ihrer ausladenden Hüfte zum Beckenrand.
Ernst wendet sich wieder an die anderen beiden. Er möchte die Aufmerksamkeit der zwei Freunde offensichtlich von der Frau in Badeschlapfen abziehen:

Ja und dann war ich mit der Chloé zusammen. Und die Sabine war beleidigt. Und dann hab ich die Sabine halt wieder gedatet, weil ich wollte sie ja nicht unglücklich machen. Dann war ich mit der Sabine und der Chloé gleichzeitig.

Er hat es diesmal geschafft. Die anderen beiden sehen wieder ihn an und nicht die Frau in Badeschlapfen.

Das hat dann zu einem ziemlichen Unglück geführt auch. Also die Chloé ist ungewollterweise, also während sie die Verhütungsmethode gewechselt hat, schwanger geworden. So haben wir dann, insbesondere ich, schweren Herzens dem zugestimmt, dass sie halt eine Abtreibung machen soll.

Eduard nickt mit erschrockenen Augen. Daraufhin rudert Ernst zurück. Ins Emotionale, er braucht Verständnis für die Abtreibung.

Ich weiß gar nicht, für wen es schmerzhafter war, für sie oder für mich, also emotional. Weil mir schon Kinder wichtig wären. Aber ich hab gewusst, ich muss dem zustimmen, weil sie möchte das auf jeden Fall nicht jetzt, wenn überhaupt.

Eduard ist wieder besänftigt. Er versteht das jetzt:

Und dann hatte mir halt dieses Mädchen geschrieben, das mir damals einen geblasen hat im Auto und ob man sich sehen und treffen … und ich hab immer verneint. So nein, ich habe eine

Freundin. Und sie hat gewusst, dass ich eine Freundin habe, okay. Und dann hat's halt gekriselt zwischen meiner Ex und mir und sie hat mir wieder mal geschrieben und dann habe ich gesagt, ja passt, treffen wir uns. Aber wenn ich meine Ex und sie verglichen habe, war sie ein Wutschgerl. Also meine Ex war bildhübsch und sie nicht, ja.

Die Frau in Badeschlapfen steigt in das Becken, sie steht schon auf der zweiten Stufe der Leiter hinein ins kühle Nass. Alle Männer sehen ihr angespannt zu. Vor allem Ernst, er fängt richtig an zu zittern mit dem rechten Bein. Edgar erzählt seine Geschichte weiter, die anderen beiden sehen dazu den wuchtigen, sexy Körper der schwimmenden Frau. Das animiert Edgar zu seiner Geschichte:

Die Sexbombe, vom Christkindlmarkt, die hat einen so guten Körper und die schönsten Brüste und die hat es faustdick hinter den Ohren!

Ernst sieht den Busen der Frau in Badeschlapfen unter Wasser. Er hört die Stimme von Edgar:

Die ist für mich so richtig sexuell ... aber auch persönlich, also die hat auch so dieses ... Ich mag es, wenn Frauen intellektuell auf einem Niveau sind, dass sie mich auch verarschen und mich verwirren können, ja. Eine Österreicherin, eine Meidlingerin. Sie ist sehr Tonangeber, aber gleichzeitig dann auch sehr devot. Sie fragt mich zum Beispiel, ob sie mir einen blasen darf. Ich meine, natürlich darf sie das. Aber dass sie fragt, finde ich irgendwie schon wieder sexy.

Tropf tropf tropf macht die silberne Schüssel. Klatsch, klatsch machen die Arme der schwimmenden Frau. Die jetzt tropfend wieder heraussteigt aus dem Wasser. Sie trocknet sich mit einem Handtuch an der Seite des Beckens ab. Zuerst die Haare und den Hals. Ein Tropfen rinnt weiter unten zwischen ihren Beinen hinab, innen am Schenkel. Das sieht Ernst genau und sagt:

Also die Chloé braucht Probleme. Die Zeit, wo wir keinen Streit haben, keine Probleme, die ist eigentlich ... sehr wenig. Das ist ihr zu, ist zu uninteressant. Da verliert sie eben das Interesse. [...] Also ich glaub, dass nicht die Abtreibung eigentlich unser Problem ist, sondern eher, dass wir keine Probleme mehr haben.

Janina kommt durch. Mit dem Putzwedel. Alle alten Männer hier: Arsch in die Höhe! Sie stehen behäbig auf, Janina putzt durch. Sie meint zu den dreien:

For me, it's like a sex friend. You have a sex friend. And when you meet someone you like, you tell your sex friend: Hey actually I want to try this a bit. And that doesn't mean you don't come back to the same sex friend later.

Die alten Männer am Beckenrand sehen jetzt der Frau in Badeschlapfen nach, die diesmal nach rechts, zurück, hinaus aus diesem Raum, schlurft. Ernst steht auf und geht, Eduard und Edgar bleiben zurück und erzählen sich noch gegenseitig ihr Ende, also das Ende der Geschichte. Ernst schlüpft gerade aus der Glastür hinaus. Janina sieht das. Und Edgar sagt noch zu Eduard:

> *Aber ich bin jetzt mit der Russin, es ist ein Zuhause. Das reicht mir und ist gut. Ich bin einfach, was Liebe angeht, von meinen Eltern schon mal extrem enttäuscht worden. Ich bin mit echt offenen Armen auf sie zugegangen und sie haben Sachen mit mir gemacht, wo man sich denkt, das ist wirklich: Messer ins Herz. Und die Russin, völlig unkompliziert: übers Internet kennengelernt und jetzt hab ich ein Leben auf der Couch.*

49 SPINDRAUM

Und Ernst? Der küsst gerade die Frau in Badeschlapfen, sie im Bademantel, offen, er nackt, im Spindraum dahinter. Ernst hat einen schönen, alten Körper.
Die Frau in Badeschlapfen lässt die Hüllen fallen und sie werden sich lieben, am leeren Tisch dort. Zuerst zeigt sie sich ihm und er findet das so schön, dass er ganz verträumt dreinschaut. Sie zeigt ihm ihre Brüste, alt und mächtig, weil sie viel erlebt haben. Sie präsentiert ihm ihre Narben, denn sie sind die Medaillen ihres Lebens.

Die Finger von Ernst tasten sich durch das Bild hin zur Brustwarze. Langsam, ganz langsam, streichelt er drüber und rundherum. Die runzlige Haut macht mit.

50 GÄNGE / SPINDRAUM / ZIMMER KLAUS

Der Putzwagen biegt vor den Spinden ab, gerade da, wo die beiden dahinter sind. Nochmals reingeschaut, dann fliegen wir durch den Raum und lassen die Liebenden hinter uns. Die Kamera, sie kann das, fliegt durch die Wand. Klaus, der so zärtlich gewaschen wurde, kreuzt unseren Weg, er wird gerade zu seinem Zimmer zurückgefahren. Vielleicht kommt er von einer Untersuchung? Sein Bett wartet vor der Tür. Josef schiebt ihn, geschickt, im Rollstuhl nahe dran und Johann kommt dazu.
Josef und der dritte Pfleger hier, Johann, heben Klaus dann auf sein Bett. Klaus ist fast nackt. Er hält sich bei den jungen Männern fest. Er erzählt ihnen dabei, also er versucht, ihren Blick zu fixieren, aber sie sind mit ihrer Arbeit beschäftigt. Klaus fleht:

> *Als ich abends die Augen schloss, konnte ich ihre Stimme hören. Ihr wundervolles Lachen. Wir beide fühlten, wir gehören zusammen. Aber ihre Ängste standen unserem Glück im Weg. Und so vergingen weitere Tage.*

Schwupps, Klaus liegt auf seinem professionellen Krankenbett. Das Bett wird hineingeschoben ins Zimmer, vom dritten Pfleger.

51 ZIMMER KLAUS

Dort wartet bereits der Arzt. Er lehnt am Fenster und wartet auf seinen Patienten. Sieht unheilvoll aus.
Der Arzt mit seinem Stethoskop hört Klaus ab. Klaus sitzt nackt am Rand der Liege. Klaus schließt die Augen. Er atmet ein, atmet aus. Der Arzt hört mit. Klaus erzählt dem Arzt, mit geschlossenen Augen:

> *Und irgendwann brachte sie allen Mut auf und schickte mir ein Foto von sich. Und was ich da erblickte, ließ den Spongebob aus des Poeten Herz brechen.*

Er öffnet die Augen und spricht begeistert weiter.

> *Statt höflicher Worte gab es nur mehr begeisterte Smileys. Nun war es mir auch egal. Ich schickte ihr auf Teufel komm raus ein Foto von mir. Und dann ... brach auch bei ihr der Spongebob aus.*

Der Arzt senkt das Hörgerät, er weiß, was hier los ist. Er runzelt die Stirn. Klaus erzählt ihm:

Wir schickten uns im Laufe der nächsten Tage kurze Videos voneinander. Ein Funke hatte unsere Herzen entfacht. Und schon bald sollte er sich zum Flächenbrand ausweiten.

Klaus merkt, dass etwas nicht stimmt. Bevor der Arzt ihm antwortet mit der Diagnose, schiebt er noch nach:

Dann wurde mir schlagartig klar, was hier gerade passiert. Wir hatten die Verliebtheit übersprungen und waren nun voll tiefster Zuneigung füreinander. Wir liebten uns.

Der Arzt sieht sehr ernst drein. Klaus fleht, mit dem Blick, lässt sich die Diagnose nicht ändern? Der Arzt steht auf und flüstert Josef, der immer noch da ist, etwas zu. Josef sieht sehr ernst aus. Klaus spricht zu sich und zu uns.

Sie fragte mich in ihrer Verzweiflung: Was ist dieses Gefühl, das ich für dich empfinde? Es tut so gut und gleichzeitig schmerzt es so sehr. Ich habe Angst davor. Kennst du die Antwort? Ich wusste die Antwort bereits. Aber ich gab mich kryptisch. Ich sagte: Nur wenn wir uns persönlich treffen, kann ich dir die Antwort geben.

Der Arzt setzt sich zurück. Er sieht Klaus zweifelnd an, dann verneint er mit einem Kopfschütteln. Klaus fleht ihn an:

Liebste coolste Angebetete, Angst ist ansteckend. Sie ist wie eine Mauer, die zwischen dir und dem schönsten Gefühl steht, das ein Mensch empfinden kann. Hab keine Angst vor unserer Begegnung. Sie wird dir dein Glück offenbaren. Unser Glück.

Klaus gibt auf. Er spielt mit seinen Fingern, wie ein zurückgewiesenes Kind. Er murmelt.

Und dann schrieb sie: Ich hab viel über uns nachgedacht. Ich hab nun keine Ängste mehr. Ich glaube ... ich liebe Dich. Das muss wohl Liebe sein. Und dann wars um uns geschehen.

Jetzt hat er wieder Mut. Er wird der Sache tapfer entgegenschauen. Klaus hebt den Kopf und sagt bestimmt:

Noch am selben Tag entschieden wir uns. Wir hatten hoch gepokert. Und wir hatten höllische Angst. Und da beschlossen wir, unser erstes Treffen im Stephansdom abzuhalten. Flair, Ambiente, Gothic Style.

Der Arzt nickt und verlässt den Raum. Wie sehen uns um, all die Fotos an der Wand mit Erinnerungen an ein Leben, das bald nicht mehr ist. Und Klaus' Stimme aus dem OFF:

Ich warte drinnen. Und sie soll auf mich zukommen. Um das Ganze etwas aufzulockern, beschlossen wir, uns, egal was passieren würde, zu umarmen. Und wir fieberten diesem ominösen Tag entgegen. Was würde bei unserer ersten Begegnung wohl passieren? Wir liebten uns, bevor wir uns getroffen hatten. Verkehrte Welt. Sie kam mit dem Zug nach Wien angereist. Und als sie selbst vorm Stephansdom stand, sagte ich am Telefon zu ihr: »Okay, pass auf. Wenn ich los sage, drehen wir beide in unserem MP3-Player unseren Song auf.«

Klaus sieht uns in die Augen:

Und dann kommst du herein. Ich warte auf dich.

52 ZIMMER ERNST UND AGATHE

Jetzt im Ernst. Ernst! Bei Agathe zu Hause. Gerade noch Liebe gemacht mit der Frau in Badeschlapfen, jetzt wieder bei Agathe. Ernst kommt mit seiner Badetasche zurück. Die hat er wohl noch geholt. Er legt die Tasche sanft auf seinen Stuhl und geht zur Badezimmertür.

53 BADEZIMMER IM ZIMMER ERNST UND AGATHE

Agathe sieht ihn gerade nicht, sie steht, nackt, in ihrem gemeinsamen Badezimmer und schmiert sich den Busen ein. Ernst beobachtet sie, sieht ihre Hände, wie sie die Creme auf den Brustwarzen verschmieren. Diese Frau hat er einmal geliebt. Agathe bemerkt seine Gedanken, sie dreht sich ruckartig um. Die Blicke treffen sich.

54 ZIMMER ERNST UND AGATHE

Agathe kommt heraus und sie umarmen sich. Ernst lässt sie los und wendet sich ab. Agathe rümpft die Nase, sie weiß hier alles. Enttäuschung.

55 KIRCHE

Agathe steigt in die Kirchenbank. Rotes Licht fällt herein, auf den grauen Beton in dieser kleinen Kapelle. Agathe hat feuchte Augen, sie ist traurig. Sie faltet ihre Hände zum Gebet. Zum geheimen Zwiegespräch/Beschwerdegespräch mit Jesus. Ein großer nackter Jesus, aus Holz geschnitzt, der hier oben hängt, mit viel Blut. Waschbrettbauch.
Agathe flüstert gebückt in ihre Hände hinein:

> *Und dann haben wir uns endlich getroffen und das war halt ganz anders, der war ganz anders, als wie ich ihn mir vorgestellt habe. [...] Also optisch überhaupt nicht mein Typ, also überhaupt nicht, also nicht einmal so, dass ich mir gedacht habe, okay jetzt ... Es waren alles Fotos, die eher vorteilhaft waren oder eines so von der Seite, im Dunkeln, irgendwie so Umrisse, das war wirklich ... Er hat auch ganz eine hohe Stimme gehabt. Er war eben überhaupt nicht mein Typ.*

Agathes Handy piepst. In der Lade der Kirchenbank. Sie schaut nach. Sie tippt. Sie weint.

Ich war dann so enttäuscht irgendwie, dass ich, nach einer Stunde hab ich dann der Babysitterin geheim unter dem Tisch ein SMS geschickt und sie gebeten zu schreiben, dass ich kommen muss. Die hat dann geschickt und ich hab ihm das SMS traurig gezeigt und gesagt, ja, ich muss jetzt weg. Ich soll heimkommen.

Die große Tür fällt zu hinter Janina, die den Putzwagen hereinschiebt. Sie wischt natürlich auch in der Kirche. Sie geht mit dem Wischmopp, links, rechts wedelnd vor Agathe, und murmelt zu sich:

I said like, but… no I have my period, I have never done it. He said but for me it's not a problem, I like it. And I realized, that so many guys like to fuck, when you have your period.

Janina faltet die Hände und betet den Rosenkranz, vor dem Jesus, und flüstert:

But he prepared a towel on the bed. It was so sweet. It was really sweet. It was really sweet. It was really sweet. It was really sweet.

56 KIRCHE / SAKRISTEI / GÄNGE

Janina putzt sich aus der Kirche heraus und in die Sakristei hinein. Wieder heraus. Immer links, rechts. Dazu murmelt sie beständig, wie ein Lied:

It was really sweet.

Aus den Worten und dem Wischmopp, links, rechts, wird ein Tanz. Ein Wort, ein Rechts, ein Wort, ein Links und die lauten Geräusche machen die Melodie. Ist das Leben »really sweet«?

57 SPEISESAAL TÜR

Janina öffnet die größte Tür hier, die zum großen Speisesaal mit dem Linoleumboden führt. Die Sessel sind umgekehrt auf die Tische gestellt. Ein umgedrehtes Sesselbeinmeer.

Im Hintergrund geht der Koch gerade vorbei. Im Speisesaal gibt es diese lange Glasvitrine und hinter der geht der Koch gerade durch. Wir beobachten ihn durch das Glas ein Stück weit.
Janina schiebt ihren Putzwagen vorbei an der langen Vitrine, wo die Fleischlaberl in Staniolpapier warten.
Der Hilfskoch bereitet immer noch Essen vor. Zwei weiße Mützen, Koch und Hilfskoch, wie im Fasching am Kindergeburtstag.

Der Hilfskoch legt die Fleischlaberl jetzt in Plastikschalen. Er rückt sie liebevoll zurecht und gießt Soße darüber. Die Soße klebt. Er wirft einen Löffel Kartoffelpüree dazu. Er legt eine Scheibe Karotte oben drauf, wie die Krone für eine Königin, wenn wir schon beim Kindergeburtstag sind.
Der Koch kostet mit einem kleinen Löffel die Soße. Wie in der Kochsendung. Der Hilfskoch ist gespannt, was er sagen wird. Der Hilfskoch meint devot zu ihm:

Ich sag mal, die Elisabeth, die hab ich ein paar Mal getroffen und wir sind uns etwas körperlich nähergekommen, aber ich hab irgendwie schnell gemerkt, das kommt bei mir nicht auf. Hab dann recht bald mit ihr gesprochen drüber, du, ich mag dich wirklich, aber … Es ist … Ich möchte … Es geht halt darum, sie hat irgendwie so einen eigenen komischen Körpergeruch gehabt. Ich vermute mal, das liegt an einem hormonellen Ungleichgewicht bei ihr. Und ich weiß das auch, dass sie mit den Hormonen immer ziemliche Probleme hatte, eigentlich. Und ich komm mit so was sehr schlecht klar.

Rat-ta-ta-tat macht der Putzwagen zustimmend. Die Direktorin geht durch und kreuzt Janinas Weg. Janina geht stolz weiter. Die Direktorin verliert gerade allen Stolz, denn sie sieht zum Koch und irgendetwas in diesem Blick ist verdammt hilflos. Der Koch sieht kurz zurück, dann wendet er sich ab, wieder der Soße zu, und meint fachmännisch zum Hilfskoch:

Ich glaube, ich habe so sechs, sieben Mal Männer getroffen und hab nur einmal, eigentlich mit der ungeeignetsten Person, habe ich Sex gehabt.

Die Direktorin steht da und hält sich am Sesselmeer fest, auf einem herausstehenden Ast, äh, Sesselbein.
Was ist denn hier los? Die junge Pflegerin, Janette, hat es auch gesehen. Hinten, bei der Tür, durch die sie jetzt schlüpft:

Ich musste ihm nur zusehen beim Räderschrauben oder wenn er die Stiege heraufgegangen ist, ich hinter ihm, sein Hintern. Ich war ständig scharf auf ihn. Und er wollte eben nur so selten. Ich hab versucht, mit ihm darüber zu reden.

Josef geht schnellen Schrittes hier vorne durch. Er sieht die Direktorin und meint im Vorübergehen zu ihr:

Der war riesig, zwei Meter groß, aber leider war der ganz dünn, hat ein bisschen so einen Buckel gehabt. Also er hat am Foto ausgeschaut wie ein Modell und in echt nicht.

Josef wundert sich, was mit der Direktorin los ist. Ohne zu fragen geht er zur Vitrine, da, wo man sich selbst Wasser zapfen darf. Er holt ein Glas und bringt es der Direktorin. Sie trinkt bedürftig. Josef lehnt sich zu ihr. Er ist irgendwie schon mal kurz jetzt hier ein Freund.

Josef sagt zu ihr, angelehnt an den Tisch:

Ich hab den total nett gefunden, weil ich mich so gut mit ihm verstanden hab, und der hat mir dann eine Abfuhr erteilt und hat gemeint, also freundschaftlich gerne, aber nicht irgendwie mehr. [...] Und ich hab dann gesagt, also Freunde hab ich echt genug.

Janette, von hinten, kann noch nicht ablassen. Sie beschwert sich noch weiter:

Ich zu ihm: He, magst du nicht, wie schaut es aus bei dir, brauchst du's nicht so oft? Und dann hat er immer abgeblockt, er war dann wütend, er ist sauer geworden wegen dem. [...] Ich weiß nicht warum, ich versteh es bis heute nicht. Das war so eine Enttäuschung für mich.

Josef hilft der Direktorin auf, sie nickt dankbar und sagt streng zu ihm:

Für mich sind Dating-Plattformen der Anfang des Übels. Es geht doch im Endeffekt immer um Sehnsucht nach Liebe, aber diese Plattformen verschmutzen unsere Gesellschaft und unsere Gehirne. Wenn du dich von den Dating-Plattformen befreist, kannst du wieder normal leben.

Also. An die Arbeit! Die Direktorin geht weiter. Josef geht weiter. Doch der Koch hat das beobachtet. Er fängt an, Messer zu wetzen, und erzählt schleifend:

Sie war relativ groß und wuchtig und gleichzeitig – sie war nicht dick –, aber sie war überall viel und weich. Sie war so ein Bröckerl, aber nicht dick, also ein ganzes ... wie ein Riesenbaby. Irrsinnig groß, wuchtig und überall irrsinnig weich und das fand ich einfach nicht sexy. [...] Es hat mich einfach – soll ich das Wort wirklich in den Mund nehmen? – eingeschüchtert. Ja, sie war zu groß für mich. Hat mich eingeschüchtert, rein körperlich. Sie war einfach zu groß. Ich habe mich komisch gefühlt neben ihr, zu klein. Und die Größe siehst du ja nicht über das Internet!

Hier wird das Leben verarbeitet. Nochmals nachgedacht, was so passiert ist. Janette jedenfalls haut ab, da hinten.
Klack, an der Seite, Janina klappt den Wischmopp ein. Für einen Moment sehen alle zu ihr. Janina, unbeeindruckt, fährt mit ihrem Putzwagen davon. Rat-ta-ta-tat machen die Räder.

58 KIRCHE

Janina fährt zurück durch den Kirchenraum. Der nackte Jesus sieht ihr nach. Auch Agathe und Augustine sehen ihr nach, an denen Janina vorbeifährt, denn sie sitzen jetzt gemeinsam in der ersten Reihe. Augustine hat sich dazugesellt und beide haben die Hände gefaltet. Sie nicken Janina fromm zu, doch sobald sie vorbeigefahren ist, führen sie ihre Konversation fort.
Agathe flüstert:

Mein Name war Wollfee, weil ich halt so gerne stricke. Nun bin ich kontaktiert worden von einem Mann aus Hamburg. Er hat zuerst so geschrieben, ja er ist wahrscheinlich der einzige Mann, der extrem gerne Frauen in extrem dicken Wollpullis hat. Und dann haben wir aber auch schon angefangen, über WhatsApp uns zu schreiben. Und ich bin dann draufgekommen, dass er eigentlich wirklich auf Wolle steht. Dass er ein Wollfetischist ist.

Sie erzählt die Geschichte völlig ungerührt, also weder kichernd noch urteilend.

Er hat mich zum Beispiel dann gefragt, ob ich ihm nicht von mir ein Foto im Wollpullover schicken kann. Das hab ich auch gemacht. Und er macht halt den Vorschlag, ob wir uns nicht über Skype sehen wollen. Dann hat er auch geschrieben, er hat auch einen Masturbator.

Augustine zischt leise zurück und fragt, wirklich erstaunt:

Er hat einen Masturbator: Was ist ein Masturbator?

Hinten zischelt etwas. Die beiden drehen sich verstohlen um, eine alte Frau mit gefalteten Händen hat in der letzten Reihe Platz genommen. Keine Gefahr. Agathe flüstert:

Masturbator ist so ein Gerät, was für die Männer zum Masturbieren ist.

Augustine kennt das nicht.

Okay, für die Männer?

Agathe antwortet, als wäre es das Normalste der Welt:

Für die Männer, für den Penis.

Sie deutet ihr, jetzt Ruhe zu geben. Doch Augustine versteht noch immer nicht:

So eine Vagina oder so?

Agathe erklärt ihr weiter, wie eine Stewardess, mit den Armen deutend, schildert sie die Größenangabe:

Ja, halt so ein langes Metall.

Sie deutet mit beiden Händen die Größe an.

Er hat dann einen Wollpullover getragen, und ich hab ihm dann beim Masturbieren mit diesem Masturbator zugeschaut.

Jetzt müssen die beiden abgebrühten Schnauzen doch kichern. Das ist doch wirklich zu ulkig. Und Augustine meint belustigt:

Geil. Und er war im Wollpullover?

Und Agathe bestätigend:

Und er war im Wollpullover. Ja und … ich hab's halt gemacht, weil ich mein … wie oft sieht man schon so was und ich hab das … ja ich war halt total neugierig.

Augustine fragt, nur zur Sicherheit:

Aber du stehst nicht auf Wolle?

Und Agathe:

Nein, ich liebe es nur zu stricken. Aber ich hab gemerkt, dass es für mich einfach überhaupt nicht spannend war, gar nicht. Genau. Es war dann halt traurig. Vor allem eigentlich für ihn. Er hat mich dann, keine Ahnung, der hat mich dann fünf Monate später auch noch kontaktiert, um zu fragen, ob ich nicht, ob ich nicht doch noch mal Lust hätte … Er wollte mich dann sogar bezahlen dafür. Ich brauch zwar auch Geld, aber das war mir too much.

Im Hintergrund, in der letzten Bank dort, die alte Frau mit den gefalteten Händen und dem Blick nach unten, die bewegt sich jetzt. Wir springen hin. Sie flüstert schlecht gelaunt in sich hinein:

Da hat mich einer wirklich ernsthaft gefragt, ob ich mir vorstellen könnte, ihn anzuscheißen beim Sex. Sein E-Mail war sehr nett eigentlich. Sorry, ich weiß, das ist jetzt bisschen grauslich. Aber ich habe eine Leidenschaft und ich kann ohne diese Leidenschaft keine Beziehung führen, deswegen frage ich das von vornherein. War aber alles ohne Foto, der hat wirklich geschaut, dass er anonym bleibt. Ich hab dann auch eben gedacht, der kriegt wahrscheinlich jeden Tag Nachrichten, was für eine grausliche Sau er ist, und ich hab dann deswegen nett zurückgeschrieben. Danke für die Nachricht, aber nein. Und viel Glück.

Rat-ta-ta-tat. An Agathe und Augustine wird ein Bett vorbeigeschoben. Klaus liegt darin! Klaus. Die beiden sehen dem Bett andächtig nach.

59 KIRCHE / TÜR ZUM HOSPIZ

Tür auf, Klaus hinein, ins Hospiz, das der Raum hinter der Kirche ist, praktisch.

60 HOSPIZ

Josef, der den Klaus schiebt, sichert das Bett ab und richtet ihm die Infusion. Hell ist es hier im Zimmer. Klaus hängt an einem Atemgerät. Er starrt mit ruhenden Augen in die Luft. Er dürfte Musik hören, im Kopf. Ja, jetzt hören wir sie auch.

Rund um ihn eine Holzvertäfelung. Und Beton, der dahinter hervorkommt, manchmal. Sehr karg alles.
Dem Klaus fallen langsam die Augen zu. Augustine hält ihm seine Hand an der einen Seite des Bettes, Agathe, auf der anderen Seite, sieht ihm nur zu. Der Priester ist jetzt auch neben dem Bett, wie ein Wunder, plötzlich da und schließt ihm die Augen. Klaus sieht friedlich aus.
Der Priester hebt den Blick gen Himmel zur Zimmerdecke, die Kamera folgt seinem Blick.

61 HOSPIZ / GARTEN / ZIMMER MAGDALENA / FRIEDHOF

Die Kamera erhebt sich und hebt ab. Musik ist da. Die Kamera fliegt hinauf und weiter, hinaus und links, durch das Fenster hinunter Richtung Garten. Die Kamera schwebt. Dort unten, auf der Blumenwiese, ein paar alte Menschen. Zwei alte Damen, eingehakt, Agathe und Augustine, gehen spazieren.
An den Blumen vorbei. Das Leben, Atmen. Und die Kamera wie eine Biene, die von einer Haut zur anderen tingelt. Klaus ist gestorben. Die Augen bleiben zu. Die Kamera fliegt beständig weiter. Magdalena, sehnsüchtig, sitzt in ihrem Rollstuhl am Fenster und sieht hinaus. Sie sieht einen Friedhof, gleich neben dem Altenheim. Die Kamera fliegt zum Friedhof, wo Klaus bereits begraben wird.

62 FRIEDHOF

Das Begräbnis von Klaus. Der obligate Regen. Ein graues Bild, ein paar Raben, ein düsterer Himmel, die Trauergemeinde. Agathe und Augustine sind wieder hier, mit Regenschirmen, Ernst, Eduard und Edgar und natürlich Lara mit den Enkerln Luis und Leon in Regenjacken. Johann, der Pfleger, steht mit etwas Abstand in der Nähe und Janina ist auch hier. Noch ein paar Menschen aus unserem Chor, zu dem kommen wir später. Die Frau in Badeschlapfen. Ernst, Eduard, Edgar. Trauer.

Drei Männer schaufeln die Grube und es regnet weiter. Der Priester, verschränkte Hände vor dem Körper, sieht zu Boden. Lehmig heute. Wegen dem Regen. Die Grabschaufler stellen sich jetzt daneben, dann verschränken auch sie die Hände vor dem Körper und stehen fromm da. Sie warten, bis sie den Sarg hineinheben sollen.
Der Priester beginnt seine Grabrede:

> *Kennengelernt haben wir Dating-Plattformen als etwas Verruchtes – und auch wenn wir mittlerweile die Erfahrung haben, dass es das nicht ist, ist es doch noch ein Stück weit in uns drin. Ich weiß gar nicht, ob es eine Flucht vor der Realität ist. Also Flucht wäre, nur zu Hause zu sitzen, vielleicht ... Es ist auch ein Sich-öffnen-für-die-Welt.*

Alle hören ihm andächtig zu. Der Frau in Badeschlapfen rinnt eine Träne hinunter. Ernst, Eduard und Edgar stehen fromm da. Und Ernst flüstert leise zu Edgar, während der Regen prasselt:

Also ich komme aus einer sehr … also meine Familie ist so wirklich am Land aufgewachsen. Ganz, ganz kleines Dorf und so. Und wenn ich mir so überlege, meine Eltern, wie die so zusammengekommen sind, du, da hast du genau von einem Dorf in die drei nächsten umliegenden Dörfer können.

Und Edgar sagt dazu:

Ich habe jetzt gerade einen Herrn kennengelernt, der ist 90 und der war 56 Jahre lang mit seiner Frau verheiratet und das ist, also ich habe es total schön gefunden, wie er mir davon erzählt, aber es ist total, ich halt's für total unrealistisch.

Das muss untersucht und besprochen werden! Und Eduard:

Das hat auch, aus meiner Sicht, und da sind wir dann wieder beim Online-Dating, hat mit Online und Informationen und so zu tun.

Die drei überlegen. Niemand bemerkt es, draußen rauscht der Regen. Und Edgar sagt:

Aber es hat so einen gewissen Einfluss auf, nennen wir es mal, ein »commitment«. […] Also dass man irgendwie ständig diesen riesigen Markt sieht und es gibt so viele opportunities und es gibt noch so viele interessante Leute, mit denen man so viele andere Welten eröffnen kann.

Die Haut der drei Männer glitzert im Regen. Sie treten jetzt abwechselnd nach vorne und werfen nacheinander eine Schaufel Erde in das Loch. Die Erde landet am Sarg, da liegt sie jetzt. Ernst steht am Grab und sieht ihr lange nach, nach unten.

Er steigt zurück. Nach ihm kommt die Frau in Badeschlapfen, jetzt mit dicken Schuhen, dran und wirft auch ein Schauferl Erde. Ernst sieht ihr verstohlen zu.

Die Frau in Badeschlapfen murmelt zu Klaus im Sarg:

Ich weiß halt wirklich nicht, ob und inwiefern dieses Online-Dating dazu beiträgt, wie sich unsere Beziehungen verändern. Ich glaube, es ist sehr, sehr multifaktoriell, warum sich Beziehungen jetzt so verändern, wie sie sich verändern.

Über dem Grab, angeklebt auf das provisorische Holzkreuz, hängt ein Foto einer roten Maschine. Seine geliebte Chopper. Mit Klaus darauf, der stolz den entfernten Lenker festhält. Lederkappe, Lederkluft, Sonne, Metalltank. Lara betrachtet das Foto, bevor sie auch die Erde wirft.

Ernst, wieder bei seinen Kumpels in der Reihe, meint (und diesmal wird er dabei von der Frau in Badeschlapfen beobachtet):

Heißt also, wie Menschen mit Beziehungen umgehen, ob sie jetzt treu bleiben ihr Leben lang, ob sie zusammenwohnen, hängt, glaube ich, sehr davon ab …

Er sieht verstohlen zur Frau in Badeschlapfen, die Blicke treffen sich.

… wie eine Gesellschaft und wie die Gesetze einer Gesellschaft und der allgemeine Konsens einer Gesellschaft bestimmte Verhaltensweisen halt straft oder eben nicht straft.

Die Frau in Badeschlapfen sieht weg. Luis und Leon, die Enkerl, stehen etwas unbedarft in der Nähe im Matsch. Luis spielt mit dem Regenstiefel mit der nassen Erde. Er versteht diese ganze Trauer hier nicht. Ihm ist langweilig!
Leon, der Pubertierende, wirft mit kleinen Stecken auf die anderen Gräber. Er meint zu seinem Bruder:

Ich denke mal, die Leute in den 50er-, 60er-Jahren, die dann alle diese Musterehen geführt haben, die waren halt fucking unglücklich!

Er bemerkt den Blick der Frau in Badeschlapfen. Auch den Blick seiner Mutter. Er zieht seinen Bruder pflichtbewusst zur Trauergemeinde zurück.

63 FRIEDHOF

Alle Menschen warten gespannt. Luis tritt sanft nach vorne. Er holt aus seiner dicken Regenjacke einen selbst geschriebenen Zettel. Er ist sehr schüchtern. Es regnet weiter. Die nassen Tropfen landen auf dem Zettel, den er zitternd vor sich hält. Er fängt an, mit gebrochener Stimme, seine Rede für seinen Opa zu halten:

> *Das ist auch dieser Anstieg von beispielsweise Transsexualität oder auch Homosexualität. Leute, die eingestehen, dass sie bicurious sind oder sonst was, oder polyamouröse Beziehungen führen oder was sonst auch immer.*

Ein Schwenk über die Gesichter der Menschen aus diesem Film. Angefangen mit der stolzen Mutter Lara, über Agathe, die zu Ernst sieht, der zur Frau in Badeschlapfen sieht, die wiederum zum Bild von Klaus mit der Chopper sieht.

> *Dass aber die Konsequenz aus einer Entdämonisierung dieser nicht heteronormativen Geschlechterverhältnisse und Beziehungsverhältnisse ist, und ich würde sagen …*

Die Kamerarunde über die Gesichter dabei nicht vergessen, Ernst, Eduard und Edgar, der Priester, Augustine.

> *… dass das Online-Dating und dieser tendenzielle Neoliberalismus, der daraus entsteht, dass wir uns nicht so verhalten, weil*

diese Möglichkeiten gegeben sind, sondern, dass es diese Möglichkeiten gibt, weil wir es wollen.

Luis weint. Leon weint. Magdalena, im Rollstuhl, rinnt auch eine Träne herunter. Magdalena ist auch da! Luis spricht weiter:

Also jetzt geht es quasi einfach um so eine neue sexuelle Freiheit, die aber jetzt irgendwie auch ideologielos ist. Das entspricht ja auch dem Neoliberalismus, letztlich.

Magdalena wird auf einmal von zwei jugendlichen Händen geschnappt. Ihr Enkerl, Milo, den kennen wir noch gar nicht, schnappt sich die Lehne ihres Rollstuhls. Milo hat so einen altmodischen Rollkoffer mit, den er an den Rollstuhl hängt. Der Himmel erhellt sich.

64 FRIEDHOF WEITE LANDSCHAFT

Wir sehen dem Bild hinterher: weite Landschaft, vollgesteckt mit Gräbern, ein Rollstuhl, der wackelig davongefahren wird. Wie in einem Western. Lehmige Hügel.
Magdalenas Stimme kommt wieder aus dem OFF:

Das eine Mal bin ich ihm begegnet, da bin ich mit meinem Mann gefahren, weil wir sind fast jährlich zu seiner Familie aufs karge Land gefahren. Das war im selben Jahr, zwei Monate bevor ich geflüchtet bin. Mein Mann hat gesagt, komm, wir schauen uns mal den Typen an, mit dem du jetzt schon so lange … ja, wir fahren da eh vorbei und treffen uns mit dem.

Milos Schuhe werden dreckig. Er stapft weiter tapfer dahin. Die Decke von Magdalena wird auch dreckig, der Zipfel ist braun vor Matsch.

Oh, Schluck, oh, Schluck. Im Auto, ich wollte nicht, ich wollte nicht, wir haben uns eh beide schon vorgestellt, was ist … Vor allem mein Retter, der hat mich nie gesehen, ich habe ihm nie Fotos von mir gezeigt. Ich dachte okay, der wird sicher von mir enttäuscht sein … Ich hab damals 90 Kilo gewogen, ich hab überhaupt nicht mehr auf mich geachtet.

Magdalenas Hand streichelt zärtlich über die Hand ihres Enkerls. Alte Haut auf junger Haut. Es wackelt, weiter geht's:

Ja und dann … dann haben wir uns ganz … nur ganz kurz, er ist auch gekommen, zu einem vereinbarten Punkt auf der Straße. Ich bin aus dem Auto ausgestiegen, ich hab ihn gesehen, ich hab nur nach unten geschaut, ich konnte ihn gar nicht anschauen, es war furchtbar. Ich habe immer nur gedacht: »Oh, Gott, hoffentlich merkt der Dimitri nichts.« Er bringt mich zu dem Typen, mit dem ich die innigste Verbindung habe.

Magdalena betrachtet ihren Finger an der einen Hand, er hat ein Pflaster. Er wackelt, im Fahren. Magdalena reißt das Pflaster herunter, der Finger blutet. Er blutet stärker als normalerweise, das Blut verteilt sich auf ihrer Decke.

Die Kinder sind im Auto geblieben. Wind, ein Park und ich in schwarzen Hosen mit dem Blick zum staubigen Boden. Ich bin praktisch so als Zipfel mit dem Dimitri mitgegangen und ja, ich hab ihn überhaupt nicht angeschaut, das konnte ich überhaupt nicht.

Das Blut ist so viel geworden, dass es bereits eine Lacke auf Magdalenas Stuhl gebildet hat. Eine Blutspur rinnt hinunter. Eine Blutspur zieht sich über den Lehm. Etwas stimmt hier nicht. Wir folgen der Blutspur, alles rot. Die Kamera hebt ab vom Blut am Boden.

65 FRIEDHOF WEITE LANDSCHAFT / ZIMMER MAGDALENA

Dann sehen wir das Bild aus einem Fenster. Der Friedhof von weit weg, ohne Menschen, aber die weite Landschaft mit Gräbern und einer Frau im Rollstuhl, die weggefahren wird von einem jungen Mann. Mit Koffer an der Seite. Magdalenas Fenster, wo sie immer davorsitzt, jetzt auch. Sie sieht sich selbst im Bild, wie sie weggefahren wird. Es war ihre Phantasie. Aus dem OFF, über dem Bild der alten Frau im Rollstuhl am Fenster:

Und das war für mich … Aber ab da wusste ich, ich will flüchten, ich werde flüchten, ich wusste, ich will weg. Ich wusste, das ist mein letzter Ausflug mit ihm.

Magdalena sieht in die Kamera. Ein Stich. Mit dem Auge.

66 ZIMMER MAGDALENA

Magdalena fährt vom Fenster weg. Es ist dämmrig geworden im Zimmer. Da steht sie, einsam, in der Mitte in ihrem Rollstuhl. Die Katze, der Kasten, wo sie die Tabletten gesammelt hat. Magdalena fährt zu dem Kasten und holt Katzenfutter heraus. Mit derselben Handbewegung nimmt sie die Schüssel, in der sie die Tabletten sammelt, heraus. Und aus dem OFF dazu:

Wie wir dann so heißgefahren sind, dass wir uns nicht berühren konnten … Wir wussten, wir sind da füreinander, wir haben diesen Draht … Aber wir konnten uns nicht berühren. Und dann ist er irgendwie komplett, als Mann ist er dann komplett … Er hat angefangen dann, Geräusche zu schreiben von Tieren, miau und wau, wau.

Magdalena füttert ihre Katze. Also, Magdalena füttert die Tabletten, die sie gesammelt hat, ihrer Katze. Sie gibt das Futter und die Tabletten in die Katzenschüssel.

Innerlich aufwühlend und fast bis zum Orgasmus wirklich. Ich hab ihm so zurückgeschrieben: »Pass auf, wenn du jetzt auf die Straße gehst, nicht, dass du dich wie ein Tier verhältst. Und deine Freunde erkennen dich nicht mehr wieder.«

Die Katze frisst gierig. Magdalena sieht ihr zu. Das Geschmatze vom Kauen. Das Gekratze vom Zerkauen der Tabletten. Und Magdalena erzählt weiter aus dem OFF:

Ich wollte mir immer das Leben nehmen, ganz oft. Aber die Kinder haben mich dabehalten, weil das war für mich die Hölle, das war eine Qual alles. Für die Kinder bin ich am Leben geblieben. Und für das Chatten mit ihm.

Die Katze legt sich auf den Boden. Die Augen fallen ihr zu. Magdalena sieht ihr stoisch beim Sterben zu. Der Mond zieht auf, es wird Nacht.

67 GÄNGE / VERSCHIEDENE ZIMMER / ZIMMER EDUARD UND EDGAR

Johann geht durch die Gänge und bringt alle alten Menschen ins Bett. Er steht im Türrahmen des Zimmers von Eduard und Edgar. Die beiden alten Männer liegen brav im Bett, die Füße schauen noch unter Decke der heraus. Johann dreht das Licht ab. Er geht mit seinen schweren Clogs den Gang entlang.

Ernst legt sein Buch zur Seite. Johann steht im Türrahmen. Sie sehen sich an, Johann geht mit einem Gute-Nacht-Nicken. Die beiden, Ernst und Agathe, können allein schlafen gehen.

Im nächsten Zimmer, der kleine sensible alte Mann, auch Licht ab. Ohne Text, mit mehr Mondlicht.

68 ZIMMER ERNST UND AGATHE / SCHLAFZIMMER

Ernst liegt bereits im Bett, Agathe kommt dazu. Sie setzt sich an ihr Bett und nimmt ihre Uhr herunter. Das Licht ist gedämpft, nur noch Agathes Nachtlampe brennt. Ernst sieht ihren Rücken an. Man sieht die Rippen durch das dünne Nachthemd.
Ernst seufzt. Er legt sich in seinen Polster. Agathe dreht das Licht ab und legt sich auch hin. Der Mond scheint herein.

Agathe zieht sich die Decke bis zum Hals. Sie ist traurig, weil die Beziehung zu Ernst praktisch nicht mehr ist. Sie dreht sich zu ihm und sagt:

> *In meiner alten Beziehung haben wir ja auch so gut zusammengepasst, weil wir dasselbe Sternzeichen hatten. Ich bin Astrologin, auf das lege ich sehr viel Wert.*

Ob wir noch etwas retten können? Ernst glaubt nicht so richtig daran, ist aber auch traurig. Er antwortet:

Astrologie ist sowieso für Männer ein rotes Tuch.

Okay, Agathe dreht sich weg. Sie sagt noch:

Wir hätten es noch mal probieren können, aber die Luft war raus.

Sie blickt dabei aus dem Fenster. Viele Sterne funkeln am Himmel. Wir hören die Stimme von Ernst:

Es gibt so Astro-Single-Treffen, wo man nach Horoskopen eingeteilt wird, also da wird der Partner nach dem Horoskop ausgesucht, das werde ich noch probieren.

Agathe lächelt. Eine Muttergottes mit Kind hängt über ihrem Bett. Ein Bild einer trauten Familie steht im Foto auf Agathes Nachtkästchen. Die Sterne funkeln immer noch.

69 DUNKLES ZIMMER / HAUSWAND / KIRCHE

Musik setzt ein. Stimmen. Der Chor. Die Kamera fliegt aus dem dunklen Zimmer hinaus, die Hauswand entlang, auf das Fenster der Kirche zu, und durch die weinrote Scheibe zurück in die Kirche. Schließlich sind wir hier in einen Tanz mit dem Sterben verwickelt.

70 KIRCHE

Die Kirche ist aus Betonwänden, die zeremoniell beleuchtet sind. Rot und grau und funkelnd. In der Kirche wird gesungen. Wie im Traum. Der Chor muss üben! Oder ist es ein Requiem für Klaus?
Die alten Menschen probieren in der schöpferischen Generalprobe. Eine Oper von Händel. Sie stehen zeremoniell in zwei Reihen, ein paar Rollstuhlfahrerinnen vorne, musisch und festlich, trotz des blutenden Jesus. Sind sie schlaflos?
Eine Oper hebt uns aus den Sesseln, wenn sie gut ist. Die alten Menschen summen und singen erhebend.

Der Chorleiter ist hochmotiviert und konzentriert. Er benimmt sich wie ein richtiger Dirigent. Er hat lange, weiße Haare und eine rote Brille. Sieht verrückt aus, wie ein Dirigent eben.
Der Gesang ist laut und im Vordergrund. Während des Liedes spricht eine alte Frau mit dunkler Stimme zu uns. Die anderen Menschen merken es nicht, sie singen weiter:

> *Also es war so, dass – wie erzählt man das? – einmal im Monat ist man einfach besonders horny, also ich zumindest, that's how it works. Also, das ist echt ein schwieriger Tag. Und er wurde dann nämlich noch schwieriger, weil ganz selten, aber manchmal schaue ich dann auch Pornos und das war dann echt zu viel. Also das war nicht so gut. Das sollte man an dem Tag nicht machen.*

Die Frau reiht sich wieder ein und singt mit, als wäre nichts gewesen. Und eine andere alte Frau singt für uns. Also sie spricht auch, indem sie sich nach links dreht, in die Kamera und aus ihren Reihen heraus, aber sie hat eine besondere Melodie auch beim Sprechen:

Die hat gut verdient und war gut situiert, und die hat sich hingelegt. Sie hat sich hingelegt am Bauch, hat mir drei Vibratoren hingelegt, hat ihren Bauch, Polster unterm Bauch, und hat gesagt, der ist für die Vagina, der ist für die Penetration und der ist für den Arsch, so.

Der Chorleiter unterbricht das Gequassel. Er ist sehr streng. Er klatscht in die Hände und sieht böse drein. Die alten Menschen müssen sich fügen! Das Lied wird neu angestimmt.
Der sensible alte Mann ist zu sensibel für diesen Ton. Er wirft dem Chorleiter einen beleidigten Blick zu und flüstert (oder singt er?):

Ich hab gespürt, dass sie gewisse Vergewaltigungsphantasien auch hat. Manche sind auch von sich aus, ganz selten, haben eine sadistische Art auch ihrerseits. Ich weiß, dass sie schon durchaus eine dominant-sadistische Ader hat! Dass sie gerne einen Mann erniedrigt, schlägt auch. Weil es ihr auch selbst Freude macht. [...] Es gibt weniger dominante als unterwürfige Frauen. Ich glaube, die unterwürfigen sind in der Mehrheit.

Er dreht sich zurück und sieht, dass Janina, die Putzfrau, auch hier mit dem Wischmopp durchgeht. Sie ärgert sich, weil sie durch so viele Beine durch putzen muss, also, an den Beinen vorbei und das ist kompliziert. Der kleine sensible Mann hebt die Beinchen, abwechselnd.
Janina meint dabei:

> *And this young guy. Good looking, smart, nice, educated. He actually wanted me to smoke cigarettes and burn him on his anus with the cigarette. And yeah, I did it, but all the time I was trying not to laugh.*

Die alten Menschen weichen abwechselnd aus. Auch die Rollstuhlfahrerinnen fahren nach vorne und hinten. Ein Chaos. Der Chorleiter wird furchtbar schlecht gelaunt. Janina spricht, als würde sie sich bei den Menschen rechtfertigen oder entschuldigen, dass sie jetzt hier so ein Chaos macht.

> *Imagine, sitting like this, you know, on his couch and he is in my lap and I'm like smoking cigarettes with the one hand and with the other hand I'm moving his buttocks away, you know and burning him on his ass with the cigarette. And all the time I was trying not to laugh, this is so ridiculous.*

Sie ist fertig und durch. Der Chorleiter atmet auf, alle sammeln sich wieder in irgendwelchen Reihen. Jetzt wird wieder gesungen. Alle gemeinsam!

Nein, stopp, in unserem Film muss der sensible alte Mann noch etwas sagen.

> *Ich hab schon gern, wenn eine Frau dominanter ist, und in begrenztem Maße hab ich auch Schmerzen gern. Tendenziell würde ich mich als Sub bezeichnen. Aber ich kann auch switchen, wo ich sag, okay, wenn der andere drauf steht, dann mach ich's gern, weil's dem anderen gefällt. Und ich meine, von mir aus zehn Minuten Schmerzen, kein Problem. Wichtig ist mir nur, dass keine bleibenden Schäden entstehen.*

Der süße, spitzbübische, lebenserfahrene Mann, der neben dem sensiblen alten Mann steht, mag auch gerne mit uns flüstern. Er zischt singend:

> *Es gibt Amputationsfetische. Es gibt anscheinend Fetische, wo Leute es erregend finden, wenn sie sich vorstellen, wie Gliedmaßen abgetrennt werden. Das hab ich auch interessant gefunden, dass Leute es, ohne dass sie jemanden umbringen wollen, es erotisch finden, wenn's Leute sterben sehen, unter Anführungszeichen, geschauspielert. Das habe ich interessant gefunden. So verrückte Fetische tummeln sich da, das ist bis hin zu Lokomotiven.*

Und jetzt alle bitte! Singen. Der Musiker wird uns diesen Text vertonen, ihn einfügen … Die Stimmen erheben sich, der Chorleiter hebt die Arme, es wird richtig berauschend hier. Jetzt hören wir nur noch den Chor:

Ich habe in meinem Leben schon viele Vaginas gesehen. Ja, ich hab halt schon viele Vaginas gesehen. Ich habe im Altersheim gearbeitet, zwei Jahre, da sehe ich ja alte, junge, alles. Es verändert dann auch. Das verändert auch bei der Suche, das verändert bei ganz vielen Dingen, dieser Job. Weil man einfach mit Sexualität zu tun hat, auch mit alten Menschen. Das ist eine ganz eigene Energie. Die Leute sind auch mal spitz.

Die Menschen sind fertig und warten auf einen Kommentar des Chorleiters. Er atmet durch, er überlegt, er denkt, er schweigt, er hat zu Ende gedacht und gibt die Message durch. Er weiß jetzt, was er sagen muss. Der Chorleiter kommentiert also zum Abschluss:

Wenn ich ehrlich bin, guten Sex mit jemandem, mit dem man zum ersten Mal schläft, das gibt es gar nicht. Guten Sex hat man nach einem Jahr Beziehung, wenn es sich einspielt und man sich kennenlernt. Vielleicht kann man, wenn sich zwei Leute im richtigen Moment zum ersten Mal treffen beide irgendwie, dass es krass abgehen kann, ist schon klar. Aber wenn ich ehrlich bin, guten Sex mit jemandem, mit dem man zum ersten Mal schläft, das gibt es gar nicht.

Und die Antwort vom Chor: Sie singen inbrünstig!

71 ZIMMER MAGDALENA

Morgen, ein Fenster, Magdalena sieht hinaus. Mit der Decke über den Beinen im Rollstuhl. Klack, Hand, Magdalena entsichert den Rollstuhl. Sie taucht an. Wir sehen, dass eine gesammelte Menge Tabletten am Fensterbrett liegen bleibt. Magdalena hat sie wohl nicht genommen. Hat sich doch dagegen entschieden. Die tote Katze am Boden hat eine Decke über sich.

72 LIFT

Magdalena beobachtet die Knöpfe im Lift. Fünf, vier, drei, zwei, eins, fahren auch sie nach unten. Pling: Erdgeschoß. Sie rollt raus. Sie rollt tatsächlich raus.

73 GÄNGE / EINGANGSTÜR

Rat-ta-ta-tat. Magdalena fährt vor die Eingangstüre. Die Glastür öffnet sich. Klaus steht auf einmal da.
Klaus, auf der Chopper. Leder, Glitzer. Mit dem roten Motorrad vor dem Eingang, in der strahlenden Sonne. Magdalena steigt auf. Sie kann auf einmal wieder gehen und steigt auf.

74 STRASSE IRGENDWO IN DER LANDSCHAFT

Sie fahren, er in der Motorradkluft, sie im wehenden Nachthemd. Magdalena hat die Arme um die Lederjacke geschwungen und den Kopf träumerisch an seinen Rücken gelehnt. So ein starker Mann, der einen mitnimmt, das kann was. Vor Magdalenas Augen zieht ihr Leben vorbei, das sehen wir nicht, nur in ihren Augen dieses Denken. Magdalena träumt. Von der Jugendliebe, von ihren Kindern, vom Abschied.
Wir sehen das Bild von oben, das Nachthemd weht, dann die Räder des Motorrads.

Wieder die beiden. Umschlungen. Magdalena, mit diesem Blick, spricht zu uns, aber ihr Mund bleibt geschlossen. Magdalena erzählt uns von der Flucht:

> *Es kamen immer Engel in mein Leben. Die mich zu diesem Schritt… weil ich denk mir immer, von allein kommt das nicht so. Also die Flucht ist mir nur mit ihm gelungen. Der war mein Engel, in meinem Kopf, aus meinem Internet.*

Wir schauen Klaus an, doch der schaut nur auf seine Maschine. Die Knöpfe, der Lenker, alles gefällt ihm. Klaus lächelt und seine Haare wehen glücklich im Wind.

> *Und er hat mir ziemlich viel geholfen, muss ich sagen. Einfach dass er irgendwo da war, in irgendeiner irrealen Welt. Der letzte Faden, der mich so rausgezogen hat. Also er war der Auslöser,*

dass ich dann wirklich eines Tages meine Kinder an die Hand genommen habe und einfach weggegangen bin. Einfach von zu Hause weg. Mitten am Tag. Nach 14 Jahren habe ich es geschafft.

75 GÄNGE

In der Zwischenzeit, hier im Altenheim, geht die Direktorin schnellen Schrittes neben Milo, dem Enkerl. Er zieht einen Rollkoffer. Sie trägt ein Flipboard vor der Brust. Das Enkerl kommt die Oma abholen. Die Direktorin wird die Übergabe machen. Glaubt sie.

Magdalenas Stimme aus dem OFF:

Aber ich habe mit den Kindern vorher gesprochen gehabt, also mit den zwei Älteren, weil der Kleinste war erst fünf. Und ja, mitten am Tag, dann bin ich weg. Begleitet von Engeln.

Die Direktorin schenkt Milo einen liebevollen Blick. Sie mag ihn, das Enkerl, das sich kümmert. Eigentlich mag sie schlicht diese zärtliche Verbindung zu den Großeltern.

76 ZIMMER MAGDALENA

Sie kommen in das Zimmer von Magdalena, doch niemand ist da. Die beiden sind etwas erstaunt und werden langsamer. Milo stellt den Koffer ab. Er sieht im Badezimmer nach. Er öffnet langsam die Tür und dreht das Licht an. Einsame Zahnpasta.
Milo bleibt kurz in der Badezimmertür stehen. Was ist hier los? Er geht ins Zimmer zurück, da bemerkt er den Deckenhaufen am Boden. Er bückt sich und hebt die Decke weg. Tote Katzenbeine. Er seufzt.
Milo setzt sich erschöpft in den hässlichen Stuhl, der in diesen Zimmern immer ist. Die Direktorin bemerkt von alledem nichts, denn sie starrt aus dem Fenster, wie sonst Magdalena, und verzieht das Gesicht.

77 GARTEN

Unten im Garten geht der Koch vorbei. Er trifft die junge Pflegerin, Janette. Sie küssen sich. Mit Zunge.

78 ZIMMER MAGDALENA

Die Direktorin verzieht das Gesicht ganz grausam. Sie erschrickt richtig.

79 GARTEN

Der Koch greift Janette in die Hose, am Hintern. Er streichelt ihren Hintern in der Hose.

80 ZIMMER MAGDALENA

Die Direktorin schaut traurig.

81 GARTEN

Der Koch umarmt Janette wieder mit beiden Armen. Er spricht zärtlich mit ihr:

Zu mir oder zu dir?

Janette lächelt nur und sie küssen sich wieder. Der Koch sieht dabei mit den Augen hinauf zur Direktorin. Er funkelt sie richtig an, während er die junge Pflegerin küsst.

82 ZIMMER MAGDALENA

Die Direktorin weicht zurück. Sie macht einen Satz ins Zimmer. Milo starrt nur auf die Katze.
Die Direktorin sieht die Katzenbeine jetzt auch. Sie streicht sich über die Wange, sie reibt sich die Augen, also da, wo sie schon so tiefe Augenringe hat. Der Koch will sie nicht mehr. Sie weiß, sie hat gegen die Junge verloren.

Milo beobachtet die Direktorin, die in sich versunken dasitzt. Er steht auf und legt ihr die Hand auf die Schulter:

> *Du musst nach dieser Erfahrung wieder gehen lernen in der realen Welt. Wie ein Kind.*

Die Hand von Milo ruht auf ihrer Schulter. Die Direktorin streichelt darüber.
Magdalenas Stimme kommt sanft aus dem OFF:

> *Ich hab meinen Mut zusammengerissen und bin weggegangen. Ja, du bist wahnsinnig, was du da machst. Und es ist gut so. Das Online hat mir das Leben gerettet.*

Die Direktorin schlägt die Augen wieder auf. Sie hat geträumt. In diesem Zimmer ist eben die Traumwelt. Und keine Rettung.
Milo sitzt noch da und denkt an seine Großmutter. Er sieht sie davonfahren, er sieht es ganz deutlich:

83 GÄNGE

Magdalena fährt im Rollstuhl dahin. Magdalena ist wie berauscht vor Glück. Man kann fast das Blut sehen, das sich aufgeregt durch ihren Körper pumpt. Ihre Hände sind zu Fäusten geballt. Wenn sie gerade nicht den Rollstuhl bewegen. Ihre runzligen Finger streicheln sich dann gegenseitig vor Freude. Sie krallt sich am Rollstuhl fest und es knallt in ihrem Herzen.

Die Glastür geht auf, der Sonnenstrahl kitzelt ihr Gesicht. Der Sonnenstrahl blendet auch uns.

84 GÄNGE / ZIMMER KLAUS

Klack, die Glastür geht wieder zu, wir blinzeln und Johann kommt. Die Glastür geht zu, die Sonne bleibt, Johann geht seiner Wege. Wir sehen ihm nach. Er geht am Zimmer von Klaus vorbei, geht da noch einmal hinein. Oper.

85 ZIMMER KLAUS

Johann sieht sich die Bilder an der Wand an, blättert in einer Illustrierten über Holzbasteleien. Am Nachtkästchen von

Klaus entdeckt Johann die Tagebücher. Er setzt sich aufs Bett und fängt an zu lesen. Wir hören Klaus' Stimme aus dem OFF:

Ich stand also im Stephansdom. In dieser alten, gotischen Kathedrale. Umgeben von Kerzenlicht und Geschichte. Ich stand mitten im Gang. Beobachtete den Eingang. Vor mir kamen Dutzende Touristen auf mich zu. Und irgendwo in der Menge sah ich sie dann.

Johann liest weiter, das Atemgerät von Klaus liegt noch da. Die Zahnbürste ist noch im Bad. Der altmodische Rasierschaum ist zurück. Alles unangetastet aus diesem Leben.
Während Johann am Bett sitzt und liest, hören wir Klaus die ganze Zeit aus dem OFF weitersprechen:

Sie kam geradewegs auf mich zu. Ich sandte ihr ein Lächeln entgegen. Sie lächelte zurück. Und dann explodierte etwas in unseren Herzen. Das Feuer brach aus. Und als sie vor mir stand, nahm ich sie in meine Arme. Wir sahen uns in die Augen. Und ohne ein Wort zu verlieren, küssten wir uns leidenschaftlich. Herz an Herz. Wir nahmen uns bei der Hand. Lachten und erfreuten uns aneinander.

Johann lächelt und Klaus sagt aus dem OFF:

Und wir hatten beide sofort das Gefühl... endlich zu Hause angekommen zu sein.

Johann blättert um.

> *Wir verhielten uns wie zwei Menschen, die sich schon Ewigkeiten kennen. Da war diese absolute Vertrautheit. Tiefste Liebe. Sie ist wie ich und ich bin wie sie. Wir hatten uns unser ganzes Leben lang gesucht. Und tausend kleine Zufälle und Tinder hatten uns zusammengeführt.*

Johann liest jetzt selber, sich selber laut vor, weil es ihm so Spaß macht, was er liest:

> *Es war wie ein Märchen. Und wir waren die Hauptdarsteller. An diesem Abend haben wir uns die ganze Nacht lang in einem Hotelzimmer eingesperrt. Weil wir waren nun endlich eins.*

Johann legt das Tagebuch sorgsam zurück. Er streichelt darüber, er steht auf. Er legt die Decke zurück, er geht hinaus aus diesem Zimmer. Während er hinausgeht, beendet Klaus noch:

> *Die Beine am Boden, aber den Kopf in den Wolken. So was erlebt man nur, wenn man sich die Magie im Herzen bewahrt hat und seine digitale Rechnung bezahlen kann.*

86 GÄNGE

Johann geht über den Gang Richtung Umkleidekabine. Und Klaus' Stimme aus dem OFF sagt darüber:

> *Ein Leben lang habe ich mir gewünscht, dass diese Sehnsucht, dieses Getriebensein endlich einmal aufhört. Aber jetzt, wo ich sterbe, wo ich in der Liebe vergehe, wo ich mitten im Moment zerfließe, jetzt wünsche ich mir, dass das nie aufhört.*

87 UMKLEIDEKABINE MÄNNER

Johann kommt in die Umkleidekabine. Die Kamera biegt ab, zu den Frauen.

88 UMKLEIDEKABINE FRAUEN

Janina hat ihren Spind geöffnet und darin eine elektrische Kerze brennen. Janina betrachtet das Foto ihres Mannes, ein junger Soldat in Bosnien, irgendwann 1995, in Tarnkleidung. Er lacht. Janina küsst sein Foto. Legt die Plastikrose wieder schön dazu, dreht die elektrische Kerze ab. Dunkel.

89 EINGANGSBEREICH / WEG ZUM ALTENHEIM

Johann verlässt das Altenheim. Die Sonne geht unter. Lara, die gestresste Mutter mit ihrem neunjährigen Luis, läuft an ihm vorbei ins Altenheim. Die Blicke von Lara und Johann treffen sich in Zeitlupe.
Johann zieht sich seine Kapuze über den Kopf und sieht dabei den Jungen kurz an, der an ihm vorbeihuscht. Ein hübsches Kind – und hat noch sein ganzes Leben vor sich.

NACHBEMERKUNG

Alle Dialoge in diesem Drehbuch sind Originalzitate aus Interviews mit Menschen, die sich auf unseren Aufruf gemeldet haben und anonym ihre Geschichten und Erfahrungen mit Datingplattformen erzählt haben. Die Gespräche wurden im Jahr 2017 geführt. Es ist nichts dazuerfunden und nichts geschönt, das Ergebnis unserer Recherche steckt in diesem Text.

Anja Salomonowitz

Anja Salomonowitz zählt zu den prononciertesten Filmemacherinnen ihrer Generation. In ihrem künstlerischen Schaffen verbinden sich dokumentarische Ansätze mit Ästhetiken des Spielfilms. Ihre Arbeiten sind farbenfroh und immer politisch, wurden vielfach ausgezeichnet und gastieren regelmäßig auf internationalen Filmfestivals. Nach ihrem viel beachteten Künstlerinnenporträt *Mit einem Tiger schlafen* über Maria Lassnig entsteht derzeit ein Film über die ukrainische Aktivistin der feministischen Gruppe FEMEN Inna Shevchenko. Die Regisseurin lebt und arbeitet in Wien.